Julien Rampin

GRANDIR UN PEU

Roman

CHARLESTON

10, place des Cinq-Martyrs-du-Lycée-Buffon
75015 Paris – France
www.editionscharleston.fr

ISBN : 978-2-36812-616-5
Maquette : Patrick Leleux PAO

Charleston s'engage pour une fabrication éco-responsable !
Amoureux des livres, nous sommes soucieux de l'impact de notre passion et choisissons nos imprimeurs avec la plus grande attention pour que nos ouvrages soient imprimés sur du papier issu de forêts gérées durablement.

Pour suivre notre actualité, rejoignez-nous sur Facebook (Editions.Charleston), sur Twitter (@LillyCharleston) et sur Instagram (@LillyCharleston).

LES LECTRICES ONT AIMÉ !

« Un condensé d'émotions sincères, de moments de vie authentiques et de fraîcheur pétillante. Un roman lumineux, qui m'a beaucoup touchée. »
Anouk, de @anouklibrary

« *Grandir un peu* fait partie de ces livres que nous gardons précieusement, près de l'album de famille. Il est là, nous attend, prêt à être lu ou relu. La plume de Julien Rampin nous attrape tout en douceur et nous enveloppe le cœur tout en délicatesse. »
Christel, de @les__miscellanees_de_cookie

« En fermant la dernière page de ce merveilleux coup de cœur, j'ai moi-même l'impression de grandir un peu... Julien Rampin excelle, grâce à son incontestable talent à poser les mots avec son cœur. »
Marta, de @leslecturesdemissm

« La plume légère et sensible de Julien a su m'emporter dans un roman hors du temps, un petit cocon. »
Manon, de @lalecturedemanon

« Julien Rampin est un auteur plein de talent qui nous livre une très belle histoire dans ce premier roman, aussi touchant qu'humain. J'ai eu un immense coup de cœur pour les personnages : on ne peut pas rester insensibles face à eux. »
Adélina, de @livrovore

« Joli coup de cœur pour ce trio détonnant ! J'ai été profondément touchée par ces personnages, leur histoire personnelle et la manière dont ils gèrent leurs sentiments face aux épreuves de la vie. »
Leah, de @leahbookaddict

« Quelle merveilleuse histoire que celle de *Grandir un peu*, un roman qui nous apprend à nous réconcilier avec nous-même, à accepter nos erreurs. Une magnifique lecture, que je ne suis pas près d'oublier. »
Fanny, de @madelit_et_des_livres

« Un roman qui aborde des sujets sensibles avec une pointe d'humour, et c'est ce qui rend la plume de Julien si singulière. On a les yeux qui brillent, le cœur serré mais rempli d'amour. »
Eline, de @meslivresdepoche

« La plume de Julien est fluide, délicate, poétique même. Un excellent moment de lecture passé dans une bulle de bienveillance, de sensibilité et d'amour. »
Aurélie, de @seize__avril

« Une histoire douce, drôle et pétillante. La plume de Julien Rampin est tantôt candide, tantôt dure mais toujours précise et vraie. »
Carol-Ann, de @bbtiz

« Lumineux, doux, drôle, tout en sensibilité. Un récit qui parle de vieillesse, de discrimination, de quête de soi, d'amour… avec beaucoup de bienveillance. »
Carole, de @lafilleaux1001lectures

« Un roman ensoleillé et fleuri qui nous conte la vie, la mort, la perte, la solitude, l'espoir… Ce livre est une ode à la vie. »
Clémentine, de @helynna_

« Une jolie lecture où l'auteur nous livre une plume délicate. Très agréable, douce et parfois même poétique dans certains passages, je me suis laissée portée par les mots. »
Tiphaine, de @je.lis.mes.envies

« J'ai ressenti de la fierté en suivant l'évolution des personnages, j'ai ressenti une infinie tendresse aussi. Un roman d'une douceur sans faille. »
Laura, de @_lesmotsdesautres_

« J'ai eu un coup de cœur pour ce roman si émouvant. Les personnages sont drôles et touchants. La plume de Julien nous transporte dans la vie de chacun d'eux avec une grande facilité. »
Katia, de @pauselectures

« Le premier roman de Julien Rampin est beau, poétique et bienveillant. C'est une dose de bonne humeur mais surtout de résilience. »
Marine, de @toiledemots

Pour en savoir plus sur les Lectrices Charleston,
rendez-vous sur la page
www.editionscharleston.fr/lectrices-charleston

« Toutes les grandes personnes ont d'abord été des enfants,
mais peu d'entre elles s'en souviennent. »
Antoine de Saint-Exupéry

PARTIE 1
PRINTEMPS

« C'est une maison bleue
Adossée à la colline
On y vient à pied, on ne frappe pas
Ceux qui vivent là ont jeté la clef.
On se retrouve ensemble
Après des années de route
Et l'on vient s'asseoir autour du repas
Tout le monde est là, à cinq heures du soir. »

Maxime Le Forestier, « San Francisco »

1.

ENFIN, AU DÉTOUR D'UN CHEMIN DE TERRE, elle apparaît. Perchée sur une colline de la campagne lauragaise. Comme une citadelle imprenable, la vieille bâtisse tout en pierres et volets bleus attire immédiatement le regard. Majestueuse et simple à la fois, elle semble veiller sur la nature qui l'entoure.

Jeanne ne peut s'empêcher de pousser un soupir de soulagement. Cela fait trente minutes qu'elle tourne et vire dans les alentours, à la recherche de cet endroit oublié du monde, avec pour seule indication les fameux volets bleus et une boîte à lettres de la même couleur en bas de la route. Un lieu-dit impossible à entrer sur le GPS.

La jeune femme entame une énième marche arrière et commence à graviter autour de l'ancienne ferme à la recherche du chemin d'accès. Elle tombe rapidement sur la fameuse boîte à lettres d'un bleu outremer complètement désassorti avec le paysage, et s'engage sur la piste caillouteuse et chaotique.

À peine a-t-elle éteint le moteur de sa fidèle Ford Escort qu'une vieille dame accourt à sa rencontre. Jeanne s'extirpe en nage de la voiture et tend une main mal assurée vers celle qu'elle est venue convaincre aujourd'hui.

— Bonjour. Je suis Jeanne Jambon. Je viens pour l'annonce.

Ce sont les premiers mots qui sortent de sa bouche. Et comme d'habitude, Jeanne a l'impression qu'elle est en train de dire une énormité. Quinze ans de mariage ne l'ont pas habituée à ce sobriquet.

Jambon.

Elle s'appelle Jeanne Jambon.

Lorsqu'elle rencontre quelqu'un pour la première fois, elle décline son identité à toute vitesse. Avec ce petit air de s'excuser. Elle a conscience que ça doit paraître bien agaçant à son interlocuteur ; elle ne peut s'empêcher de bafouiller. Il faut avouer qu'il doit y avoir mieux comme premier contact.

Elle est plantée là, une main tendue vers cette petite mamie, qui ne semble pas vouloir saisir la sienne en retour, et elle a déjà envie de partir en courant.

On ne se refait pas. Et Dieu sait que, chez elle, rien n'est refait. Jeanne est une fille de trente-cinq ans, banale. Enfin, à ce stade-là, on peut dire une femme. Jeanne est une femme, oui. Une épouse. Même si, de ce côté-là, c'est plus compliqué. Elle préfère ne pas penser à Bernard. Ce n'est pas le moment. En tout cas, sur le papier et jusqu'à nouvel ordre, elle est bel et bien mariée à Bernard Jambon.

Pour rencontrer sa potentielle future employeuse, elle a tenté de discipliner sa chevelure en un chignon dont elle sent déjà dégringoler des mèches folles sur sa nuque trempée de sueur. Encore une chose qu'elle n'arrive pas bien à assumer. Cette crinière rousse et flamboyante les bons jours, orange et hirsute les mauvais, impossible à coiffer et comme douée d'une vie propre. Elle porte un chemisier sobre, légèrement froissé. Elle s'est aperçue, au dernier moment, à l'hôtel, que le fer ne fonctionnait pas. Elle n'a pas osé en réclamer un nouveau à l'accueil, de peur qu'ils ne pensent qu'elle avait cassé l'appareil initial. Elle a opté pour un jean sombre qui faisait paraître ses fesses moins volumineuses. Le noir amincit, mais comme sa mère aimait à le répéter, on ne fera jamais d'une tractopelle une Ferrari.

Elle répète :

— Je suis Jeanne Jambon. Et je viens pour l'annonce.

Cette petite annonce qui lui avait sauté aux yeux.

Vieille dame un peu loufoque loue appartement meublé à dame de bonne compagnie. Loyer modéré contre menus services.

La fameuse vieille dame, maintenant en chair et en os, a entre soixante-dix et cent ans. Jeanne ne sait pas bien évaluer ce genre de choses. Une personne du troisième âge. Pour rester vague.

Elle a de jolis cheveux, frisés naturellement, gris-blanc et en bataille. Une large chemise de bûcheron canadien violette et une sorte de pantalon de jogging vert bouteille. Baskets aux pieds et sourire aux lèvres. Elle ressemble à un dessin d'enfant, colorié à la hâte.

À peine Jeanne a-t-elle terminé sa piteuse présentation que la femme est prise d'une grande hilarité de fumeuse, éraillée, qui vient du fond de la gorge. Un rire à fracasser le malheur et qui emporte tout sur son passage.

— Alors là, ce n'est pas commun comme nom ! Jambon. Vous n'avez pas eu de chance, ma pauvre petite...

Elle parle fort, comme on crie un peu sa joie. Mais ce n'est pas désagréable. Loin de là. Il y a quelque chose dans sa façon de s'exprimer qui donne envie de la suivre tout de suite au bout du monde.

— C'est le nom de mon mari... bredouille Jeanne comme pour s'excuser encore et toujours. Ce n'est pas mon nom à moi... Mon nom de jeune fille, c'est Marty...

La vieille dame serre enfin la main de Jeanne :

— Enchantée Mme Jambon, moi, c'est Raymonde. La propriétaire des lieux. La châtelaine, ricane-t-elle en offrant un simulacre de révérence.

D'une grande tape dans le dos, elle commence à carrément pousser Jeanne vers le bâtiment qui s'élève devant elles. Un grand édifice comportant un seul étage et ces fameux jolis volets bleus qui illuminent la façade de pierres grises.

— Voilà ma ferme, enchaîne la vieille dame. Enfin, elle ne ressemble plus du tout à une ferme, mais lorsque je l'ai achetée, c'était vraiment une ferme en ruines. Et tu vois; on se tutoie, hein, ma douce, moi je suis comme ça. On ne vouvoie que les étrangers, non ? Ou les personnes à qui l'on veut témoigner un peu de mépris ? Bref, ici, c'est à la bonne franquette ! On risque de devenir voisines, donc commençons par bien nous entendre ! Et puis, faut toujours avoir son proprio à la bonne ! N'oublions pas que je vais être ta patronne, hein ?

Nouvel éclat de rire ! Jeanne a l'impression que cette petite mamie va bientôt la prendre sur ses épaules et la trimballer dans tout le bâtiment. Elle semble animée d'une énergie débordante.

— J'ai mis huit ans pour achever les travaux. Et je n'ai pas terminé. Je compte réaliser un studio supplémentaire. Et une piscine. Là, il y a trois appartements, du coup. Le mien, celui que je vais te faire visiter, et celui de Lucas au rez-de-chaussée. On ne se marche pas dessus ici ! On a de la place ! C'est mieux. Je déteste qu'on me marche dessus. Tu apprendras que j'ai du caractère. Mais c'est une bonne chose, non ?

Elle semble avoir décidé de ne plus jamais s'arrêter de parler. Ce qui convient très bien à Jeanne. Elle ne sait pas trop quoi dire. Elle a toujours du mal avec les banalités. En même temps, elle reste tout aussi empêtrée avec les discussions importantes… Elle n'aime pas vraiment le badinage ni les bavardages de convenance. Elle n'est pas friande des échanges, quels qu'ils soient, en réalité.

— Oui, continue Raymonde en répondant à une question que Jeanne n'a jamais posée. Oui, une piscine, mais qui serait en partie à l'intérieur et en partie à l'extérieur. C'est un projet. Chaude, l'eau. J'ai vu que c'était possible. C'est Lucas qui va être content. Il aime se baigner. Mais la piscine municipale, ce n'est pas vraiment son genre… Il est un petit peu snob sur les bords, mon Lulu…

Elles pénètrent dans une entrée minuscule qui sent la pierre mouillée. Comme une odeur de grotte, rustique, presque primaire. Une sensation d'être à l'abri. Au frais.

— L'entrée est plutôt étriquée, mais on ne piétine pas en bas pendant des plombes, non ? La porte au fond, c'est l'appartement du rez-de-chaussée. Celui de Lucas. Mon petit-fils. Tu verras, il est adorable. Ah ! Il ne faut pas dire du mal de lui, ou en tout cas, pas à moi ! Il a ses défauts, ça oui ! Mais c'est un sacré bon gars !

Nouvel éclat de rire tabagique et ruade dans le dos ! Raymonde est décidément bien tactile, mais Jeanne, d'habitude si fuyante envers ses condisciples humains, ne se sent pas vraiment gênée par la vieille dame. Il y a quelque chose de théâtral chez elle qui lui plaît.

Raymonde s'engouffre dans le grand escalier qui mène à l'étage et à son unique porte.

Elle a vraiment une pêche d'enfer, c'est fou. Elle n'a pas besoin de s'accrocher à la rampe. Elle vole. S'offrant encore le privilège de sauter quelques marches.

Jeanne commence à souffler comme une locomotive dès le début de son ascension tandis que Raymonde est déjà en haut. Une drôle d'image lui traverse l'esprit. Elle se voit avec cette vieille dame dans un stade à ciel ouvert. Elles s'apprêtent à prendre le départ d'un 400 mètres haies. Toutes les deux en minishort et dossard de compétition. Et même dans son imagination, Jeanne ne se voit pas gagner…

Le temps qu'elle atteigne le seuil de l'appartement, Raymonde a déjà ouvert la porte et a commencé la visite sans sa future locataire.

— Et voilà le petit nid d'amour ! Ici, le hall d'entrée, par là, la chambre…

Le hall d'entrée ressemble plutôt, pour être gentil, à une sorte de palier ; mais pour le coup, la chambre est gigantesque. Deux lits simples trônent dans la salle face à une étagère noire, passée de mode et encombrée d'antiques bibelots, de livres et surtout d'une télévision imposante et un peu vieillotte.

— Vous serez à l'aise, enfin, tu seras à l'aise ! C'est bien d'avoir son petit confort. C'est très important. On dort mieux dans un grand espace. On ne se sent pas étouffé. Tu sais que je n'aime pas me sentir asphyxiée ?

Qui aime ça ? Raymonde est déjà sortie en trombe. Jeanne trottine derrière elle. Décidément, l'énergie de cette femme est inépuisable. Jeanne risque de rapidement tomber dans les pommes si elles continuent à ce rythme.

Elles entrent dans la pièce à vivre qui contient à elle seule un séjour cuisine et une immense cheminée. Une table en bois rustique, rutilante, attire tout de suite l'œil. Elle a quelque chose de terriblement convivial avec ses deux bancs de chaque côté. On s'imagine bien une tablée de potes qui bavardent gaiement dans une ambiance festive.

Dans un coin, une statue, en plâtre et peinte plutôt grossièrement, d'environ un mètre de haut, d'un saint quelconque. Jeanne s'approche car elle l'intrigue.

Raymonde éclate de son rire si particulier :

— Celle-là, je l'ai piquée dans une église ! C'est saint Christophe ! Il porte bonheur aux locataires, tu verras ! C'est un brave type ! Il ne fait pas trop de bruit ! Et surtout, il ne racontera jamais tout ce qu'il a pu voir entre ces murs ! Et Dieu sait qu'il vaut mieux !

Jeanne ne trouve pas quoi répondre. Aller dérober une statue dans une église. Il fallait être un drôle de numéro, non ? Ça ne lui viendrait jamais à l'idée. Une fois, elle avait tenté de chiper un rouleau de réglisse à la boulangerie de son village. La bonbonnière était posée sur le comptoir, en évidence, et lorsque Mme Chapon était partie dans l'arrière-boutique chercher sa baguette, Jeanne avait glissé la main dans le bocal, attrapé une poignée de douceurs et renversé le pot qui était venu se fracasser à ses pieds.

Sa carrière de voleuse s'était arrêtée net dans un grand bruit de verre brisé.

Elle en a des sueurs froides encore aujourd'hui en y repensant. En même temps, Jeanne n'a rien d'une femme intrépide. Alors, dérober une statue dans une église, elle ne voit pas bien l'objectif… À moins que cette Raymonde soit pieuse au possible. Enfin, dans ce cas-là, elle ne volerait point. C'est un des dix commandements, si Jeanne se souvient bien…

Pendant qu'elle s'interroge, Raymonde, elle, est déjà passée à un autre sujet et continue son monologue.

— C'est plus pratique pour moi de louer l'appartement meublé. Ça m'évite de me retrouver avec tout ce barda sur les bras. Et puis, faut dire que c'est pas mal pour toi, ça te permet d'avoir tout ce dont tu as besoin. Sans tout le tintouin de camions de déménagement. Au fait, j'espère que la petite annonce ne t'a pas fait peur. Le coup de la vieille dame loufoque, c'est une idée de Lucas, mon petit-fils. Il voulait absolument mettre ça. Pour annoncer la couleur, comme il m'a dit. Pourtant, je ne suis pas vraiment vieille !

Rire. À nouveau. Elle a une bonne humeur tellement communicative, cette Raymonde.

Mais subitement, elle s'arrête quelques secondes, pivote vers Jeanne et là, au-dessus de l'évier de la cuisine, prend ses mains dans les siennes et la regarde avec une drôle d'intensité. Un ange passe.

Puis un troupeau. Jeanne les voit tous avec leurs grandes ailes, leur blondeur naturelle et leur robe blanche.

Jeanne commence à avoir un petit peu peur, en vérité. Elle ne sait que dire. Ne sait même pas si elle doit ouvrir la bouche.

— On va bien s'entendre, toi et moi. Tu vas voir. On va bien s'entendre.

La vieille dame murmure ces mots dans un souffle. Jeanne croit entendre une vérité absolue. Une prophétie. Ou alors c'est saint Christophe qui lui monte au cerveau.

En tout cas, Jeanne en est toute tourneboulée. Sans savoir pourquoi, elle a presque les larmes aux yeux. Enfin, si, elle sait pourquoi. Ce contact. Et ce sentiment d'exister d'un coup.

Parce qu'il y a bien longtemps qu'on ne l'a pas regardée ainsi. Véritablement. Avec une vraie belle bienveillance. Un vrai regard. Une vraie envie de faire confiance.

Une vraie promesse de quelque chose. Gratuitement, ou presque.

Il faut qu'elle reprenne ses esprits. Cette vieille femme n'est pas là pour l'adopter, mais pour la loger et accessoirement lui permettre de gagner un petit peu sa vie. Et vu sa situation plus que précaire, il va falloir être convaincante.

— Dans l'annonce, vous parlez d'une dame de compagnie…

Raymonde lui lâche les mains d'un coup.

— Oui. Je ne rajeunis pas et j'ai besoin de quelques menus services. En contrepartie, le loyer est très bas. Nourrie, blanchie, logée ! Un échange de bons procédés, comme on dit. Oh, rien de bien compliqué. Je ne conduis pas et il faut que quelqu'un me trimballe. Lucas n'a pas son permis de conduire et nous sommes un peu isolés de tout, ici. Il se déplace en scooter, comme un vieil adolescent… Et je n'aime pas me retrouver à l'arrière comme une midinette. Ce n'est pas très convenable. Pour mon dos, je parle, hein… Car la bienséance, tu apprendras vite que ce n'est pas vraiment mon truc. Tu auras juste quelques petites choses à faire pour moi… Les courses au Super U, m'aider au jardin et au verger, un peu de ménage, d'entretien… Tu vois, rien de terrible. Je t'en dirai plus au fur et à mesure. Mais tu peux souffler, je ne vais pas te demander de me laver la fesse. Ça, je peux encore me débrouiller toute seule.

Éclat de rire de la vieille dame. Sourire gêné de Jeanne.

— Ne sois pas choquée, ma belle. Je suis comme ça, tu sais. Je dis tout ce qui me passe par la tête. Un privilège de l'âge, non ? Si on ne peut pas dire ce qu'on veut à quatre-vingt-huit ans, on ne pourra jamais. Autant en profiter ! Alors, tu emménages quand ?

2.

LUCAS EST PASSÉ TÔT CE MATIN pour l'aider à défaire les cartons.

Tout est allé tellement vite que Jeanne a du mal à croire en sa chance.

Hier encore, elle ne savait pas vraiment le chemin qu'allait prendre son existence et l'angoisse lui montait à la tête. Aujourd'hui, elle s'installe dans un appartement immense. Elle a même trouvé du boulot. Et, cerise sur la tarte aux pommes, un nouveau voisin.

Elle l'a rencontré la veille, en début de soirée, en garant sa vieille Ford Escort dans la cour. Lorsqu'elle l'avait aperçu en train de descendre de son scooter, elle avait manqué tomber à la renverse. Heureusement qu'elle était déjà assise. Il avait enlevé son casque et elle avait vu comme une lueur céleste rayonner de ses cheveux blonds.

Elle avait les bras chargés en sortant de sa voiture, et le jeune homme avait proposé de l'aider. Il lui avait pris des mains un carton duquel dépassait tout un tas de vinyles de variété française.

— Oh ! Mais tu as une sacrée collection de disques ! Il me tarde qu'on s'écoute ça ! J'ai une platine, figure-toi !

Il l'avait tout de suite tutoyée et Jeanne avait eu ce sentiment d'être une sorte d'élue des dieux. Comme s'il l'éclaboussait de sa belle lumière.

Elle a toujours été très mal à l'aise avec les gens beaux. Peut-être parce qu'elle a le sentiment d'être arrivée bonne dernière à la distribution des enveloppes extérieures. Elle pense ne pas avoir le droit de respirer le même oxygène. Qu'elle risque de polluer l'atmosphère ! C'est idiot, elle le sait.

Mais Lucas est solaire. Il donne envie de se détendre. De reprendre sa respiration et de juste profiter de sa présence.

Il s'était plongé dans le carton de vieux 33 tours pour énumérer son contenu.

— Jean-Jacques Goldman... Il manque à la chanson française, celui-là. Quel homme ! Francis Cabrel, c'est la base... Zazie, j'adore... Et la diva Céline Dion... France Gall... Je crois que je ne me suis pas encore remis de sa mort... Et Mylène, la reine !

Jeanne s'était dit que décidément, elle allait se sentir bien ici. Entre une propriétaire au tempérament de feu et un voisin beau comme un dieu grec, son emménagement ne pouvait pas mieux se passer. Il semblait bien connaître les chanteurs, en plus. Elle allait pouvoir partager sa passion avec quelqu'un ! Si elle arrivait à sortir plus de deux phrases d'affilée.

Ils avaient échangé quelques banalités et il lui avait donc proposé de venir lui donner un petit coup de main le lendemain matin.

— Pour faire connaissance.

C'était bien pour cela que Jeanne avait accepté son offre, pour passer un peu de temps avec lui. Car elle n'a pas grand-chose à déballer, finalement. Elle ne déménage pas à l'aide de deux semi-remorques, comme avait tout de suite compris Raymonde. Elle a tout laissé en partant de chez elle. D'où le choix d'un meublé. Quelques cartons, ses précieux disques, et à elle cette nouvelle vie tant désirée !

Pendant que Lucas trie consciencieusement linge de maison et affaires de toilettes, elle se balade d'une pièce à l'autre. Elle doit arriver à se convaincre que dorénavant, elle est ici chez elle. Son appartement. À elle toute seule. Comme une grande.

Il y a des bibliothèques partout, plus ou moins remplies. Celle de la chambre prend tout un pan de mur. Dans la pièce à vivre, le dessus de la cheminée est également plein d'ouvrages de toutes sortes.

Des polars à deux balles. De vieux romans. Des classiques. Des prix Goncourt tombés dans le plus grand oubli. Des romances mièvres à la mords-moi-le-nœud. Des essais compliqués, philosophiques ou politiques. Il y a même des livres de cuisine.

En feuilletant quelques pages, elle s'aperçoit que certains livres portent des tampons de bibliothèques municipales d'un peu partout en France.

— Raymonde a été bibliothécaire ? s'interroge-t-elle en haussant un peu la voix afin que Lucas puisse l'entendre.

Ce dernier part dans un éclat de rire depuis la chambre.

— Raymonde a été beaucoup de choses, tu sais, mais non, elle n'a pas passé ses journées enfermée dans une bibliothèque. Elle n'aurait pas pu tenir en place !

— C'est quoi alors, tous ces tampons?

— Des livres qu'elle n'a jamais rendus, car elle a oublié. Parce qu'elle s'en fout. Après les avoir lus, elle est passée à autre chose. Elle est comme ça... Une fois, je me suis vu offrir un exemplaire de *Germinal* dans un joli paquet, estampillé du tampon de la bibliothèque municipale de Narbonne ! J'étais assez grand à l'époque pour comprendre que ce n'était pas tout à fait normal. Pourtant, je ne lui ai rien dit. Elle me l'avait tout de même donné de bon cœur. Généreuse même avec ce qui ne lui appartient pas.

— Elle a l'air incroyable. Je n'ai jamais rencontré quelqu'un comme elle. Aussi libre. Aussi vraie.

— Pour être libre, elle est libre, oui. C'est un électron. Depuis toujours, je crois. Elle te racontera sûrement quelques-unes de ses frasques. Une vie de cinéma. C'est une héroïne de film, ma grand-mère...

Dans la voix de Lucas, il y a énormément d'amour, de fierté, de douceur. Et autre chose. Comme un nuage, vite poussé par le vent.

Jeanne ne creuse pas. Elle respecte trop les silences. Elle n'est bien constituée que de silences, elle. Et elle n'apprécie pas qu'on tente d'y faire trop de bruit.

— Du coup, si tu aimes lire, tu trouveras ton bonheur ici, ajoute le jeune homme en rejoignant Jeanne dans le séjour.

— Oui, c'est chouette. Je vais me faire une petite cure de lecture…

En vérité, Jeanne ne lit pas. Elle a essayé, plusieurs fois, de se lancer dans la lecture d'un roman, mais elle ne peut pas se sentir concernée plus de dix pages. Ou alors elle part dans des divagations infinies et imagine mille détails que l'auteur ne donne pas. Elle se sent alors frustrée et n'arrive plus à suivre le fil de l'histoire.

Et puis, ces personnages n'existent pas. À quoi bon perdre du temps à lire des choses qui n'ont pas de réalité ? Une biographie, à la limite. Au moins, cela a du sens. Des faits. Vérifiables.

— J'adore lire. Je pourrais passer ma vie à lire, en fait, enchaîne Lucas. C'est comme avoir des milliers d'amis dont on peut prendre des nouvelles lorsqu'on le souhaite. Juste en ouvrant un livre. Je trouve que les gens qui ne lisent pas manquent d'ouverture. Lire, c'est vivre d'autres existences. Visiter des paysages inconnus. Être quelqu'un d'autre. Comprendre des choses qui nous échappent complètement parfois.

Jeanne se sent mal à l'aise. Elle qui venait justement de se dire qu'elle ne lisait pas. Elle préfère repartir sur le sujet de la grand-mère :

— Si les livres sont des destinations exotiques, j'imagine que Raymonde est une grande voyageuse, du coup ! Avec tous les livres qu'elle a ici, elle a fait vingt fois le tour du monde.

— Et dis-toi qu'il y en a deux fois plus chez elle ! Oui, mais elle n'a pas fait que visiter la Terre à travers les livres.

Elle a aussi beaucoup roulé sa bosse. Elle a souvent eu la bougeotte. Elle l'a toujours, mais maintenant, elle voyage depuis son salon. La magie de la lecture ! Je crois que c'est une des choses qui la tient en vie, les livres. Après la cuisine et ses mots croisés !

La spontanéité de ce garçon, cette simplicité avec laquelle il la fait entrer dans son univers, touchent Jeanne plus qu'elle ne pourrait l'avouer.

Elle est interrompue dans son admiration silencieuse par des cris à l'extérieur.

Elle reconnaît la voix de Raymonde. Elle appelle quelqu'un. Elle hurle, même !

Non. Jeanne doit mal entendre.

— Pétasse ! Pétasse !

C'est bien ce que scande Raymonde en courant dans tous les sens, là dehors. Mais à qui s'adressent ses insultes ? Qui a énervé la vieille dame ? Jeanne blêmit en imaginant quelques secondes que ses paroles pourraient lui être destinées.

Non ? Ce n'est pas possible. Elle veut bien que la mamie soit un peu farfelue, mais là, ça dépasserait les bornes...

Lucas remarque son trouble. Son œil d'abord pétille et, au fur et à mesure qu'il recrée le cheminement intérieur de la jeune femme, son sourire se transforme en hilarité. Il rit de sacrément bon cœur. Sans pouvoir s'arrêter !

Jeanne ne comprend pas bien. Mi-effrayée, mi-émerveillée par ce garçon blond comme les blés qui rit comme un enfant de huit ans. Un peu choquée, il faut bien l'avouer. Mais elle en oublierait presque Raymonde et ses cris. Lucas, au bout de quelques secondes, arrive enfin à s'expliquer.

— Pétasse, c'est la chienne de ma grand-mère.

Jeanne en suffoque presque. Mais quelle idée d'appeler son chien Pétasse ?

— C'est l'année des P pour les chiots. Elle ne trouvait pas de nom à sa convenance.

— L'année des P... bredouille Jeanne qui n'est pas bien au fait des us et coutumes canins.

— Oui, tu sais bien. Normalement, lorsqu'un chien a un pedigree, selon son année de naissance, on doit lui donner un nom avec une lettre précise. Pétasse n'a aucun pedigree, mais Raymonde a quelques lubies et celle-ci en fait partie. Elle devait respecter absolument l'impératif de la lettre.

— Oh là là ! Mais il y a des années où ça doit être un vrai casse-tête, ce truc ?

— Non, car les hautes autorités canines ont décidé que les lettres trop difficiles devaient être dégagées. Du coup, ils n'en ont gardé qu'une vingtaine…

Au-dehors, Raymonde continue de virevolter au milieu de l'immense verger à la recherche de la chienne, à grands coups de « Pétasse ! » tonitruants.

— Elle n'arrivait pas à trouver un nom qui convienne, mais surtout qui soit original. Je lui ai proposé celui-là en riant, pas vraiment sérieusement. Raymonde a tout de suite validé. Et depuis, Pétasse est parmi nous… Et elle le porte très bien, elle a un vrai côté garce sur les bords qui lui colle à la peau…

Jeanne sourit poliment, mais n'en pense pas moins. Comment peut-on appeler un compagnon de la sorte ? Ce n'est pas très respectueux pour la pauvre bête. C'est même très inconvenant. Elle ne s'imagine pas du tout héler le petit animal. Elle aurait l'air de quoi ?

— Pétasse est un Shi Tzu. Elle est vraiment adorable. Je pense qu'elle n'a pas vraiment compris qu'elle n'était pas un être humain. Elle ignore royalement tous les autres chiens qu'elle peut croiser. Ils ne l'intéressent pas. Elle est en permanence aux basques de Raymonde. Elles dorment même ensemble. Mais ça, ma chère grand-mère ne l'avouera jamais. Elle essaie de faire croire qu'elle a de l'autorité sur Pétasse… En fait, je ne sais pas laquelle est la maîtresse de qui. Mais elles sont belles à voir !

Lucas se détourne de la fenêtre, toujours hilare, et tapote la statue de saint Christophe.

— Tu sais que celui-là, c'est le premier mec que j'ai emballé. Lorsque j'étais enfant, je m'entraînais à rouler des galoches sur lui !

Jeanne tourne immédiatement la tête vers le jardin afin que Lucas ne puisse pas voir sa surprise. Elle fait semblant de s'abîmer dans la contemplation de Raymonde en train de courir après Pétasse.

Mais où est-elle donc tombée ?

SOUVENIR D'ENFANCE

Lucas a sept ans.

Mardi soir, chez Raymonde. Séance de cinéma, chacun étendu dans son grand lit, un pot de pop-corn sur la table de nuit.

À la télévision, ils rediffusent une œuvre de Pagnol, avec Fernandel.

Un film ancien, en noir et blanc.

— C'est parce que le film est vieux qu'il est tout noir et blanc ? Il était en couleur et en vieillissant, il est devenu gris comme toi, lui aussi, Mamie ?

3.

RAYMONDE SE LÈVE TOUJOURS AUX AURORES. Enfin, depuis qu'elle est vieille, elle se lève toujours aux aurores.

Même si, en vérité, elle ne sait pas vraiment à quel moment elle a pu se rendre compte qu'elle devenait réellement âgée. Peut-être lorsqu'elle a dû arrêter de faire du ski, à soixante-douze ans ? On ne devient pas une petite mémé du jour au lendemain. C'est discret, c'est pernicieux, la vieillesse. Ça te grignote le visage et le corps, comme un rat affamé, sans possibilité de se défendre.

Toujours est-il qu'il y a déjà longtemps que le sommeil semble s'être fait la malle…

En prenant de l'âge, elle a vu réduire, comme peau de chagrin, ses heures de repos. Comme si ce corps au ralenti n'avait plus besoin d'être rechargé. Ou peut-être est-ce justement son corps qui ressent que le temps est compté, qu'on ne peut plus le gâcher dans cet état d'inconscience.

Tous les matins, à quatre heures tapantes, elle ouvre un œil et la journée peut débuter. Impossible de se réveiller plus tard. Elle est réglée comme une horloge. Une vieille horloge déglinguée, certes, mais tout de même encore très précise ! Elle ne sait pas si l'avenir appartient réellement à ceux qui se lèvent tôt. Si c'est bel et bien le cas, elle s'apprête à vivre jusqu'à un âge très avancé.

Parfois, lorsque la température qui règne dans la chambre la décourage, elle attrape un livre en attendant que le jour se lève. Ou jusqu'en milieu de matinée si elle se retrouve happée par sa lecture. Ce n'est pas comme si elle devait faire face à un planning de ministre, elle peut se permettre quelques incartades.

Mais, en règle générale, elle enfile une tenue confortable et s'en va se balader aux quatre vents. Sa journée ne peut réellement commencer qu'au moment où elle franchit le seuil. Comme une respiration. Un souffle. Vital.

Sur ses talons, sa petite chienne est aux anges et frétille de cette liberté folle. Sa nouvelle compagne. Sa comparse. Sa dernière lubie et sûrement le dernier compagnon qu'elle aura sur cette Terre… Pétasse et son prénom pas piqué des hannetons lui donnent le sourire. Toute la vitalité qui semble déborder du chiot l'attendrit et la persuade que la vie est toujours aussi belle.

Pendant que la chienne se soulage dans l'herbe tendre et salue à sa manière la végétation qui l'entoure, Raymonde traverse les rangs de son univers tel un général qui passe ses troupes en revue. Elle a parfois l'impression d'être une sorcière dans son royaume. Une vieille toupie. Avec ses manies.

Elle aime prendre le temps de toucher l'écorce des arbres qui peuplent l'immense verger. Comme on embrasse un vieil et fidèle ami. Comme on remercie le ciel d'être toujours là. Encore un peu. Elle fait l'inventaire des odeurs. L'herbe humide de rosée. La menthe qui pousse là, dans une allée, sous le beau noisetier. La mousse fraîche, d'un vert étincelant, qui investit les vieilles pierres du puits.

Selon la période de l'année, elle goûte aux fruits gorgés de sucre. Teste s'ils sont mûrs. S'ouvre l'appétit avec ce que lui proposent les saisons. Buffet à ciel ouvert de parfums et de soleil. Elle arrache au passage les mauvaises herbes. Vérifie que les escargots ne sont pas en train de prendre d'assaut les fraises tendres et timides qui ne demandent qu'à rougir sous le regard insolent du soleil.

Elle jette toujours un œil, en passant, vers la fenêtre de l'appartement de Lucas. Toutes les lumières sont éteintes. Son scooter est garé dans la cour. Il dort.

Elle peut souffler, respirer normalement. Le monde tourne bien. Tout est en place. Une nouvelle journée peut commencer. Et elle se sent chanceuse, à chaque fois, de pouvoir la vivre encore.

Après cette inspection, cette bouffée de fraîcheur, elle ira cuisiner. Elle aime s'activer autour des casseroles et faire la popote en grandes quantités, comme ça, au petit matin. Se lancer dans la réalisation d'un cassoulet, d'une choucroute ou de confitures ne l'effraie pas. Ça la détend.

Il faut dire qu'elle invente des menus pour un régiment. Tous les jours. Réminiscences d'une vie où elle tenait un restaurant. La demi-mesure ne fait pas partie de son art de vivre. Elle voit toujours les choses en grand, surtout au milieu de sa cuisine.

Elle aime tellement ça. Améliorer une recette derrière les grandes cuisinières à gaz. Le bruit des casseroles qui s'entrechoquent, et les odeurs qui se mélangent, se transforment, la rendent euphorique. Vivante. Pas encore foutue. Pas complètement inutile.

Elle voit déjà le bon coup de fourchette de Lucas lorsqu'il dégustera le fruit de ses efforts matinaux. Imaginer son petit-fils se régaler de ses plats lui procure toujours une vraie satisfaction. Comme si telle était sa mission. Offrir à Lucas des petits bonheurs. Simples, mais essentiels.

On dit de Raymonde qu'elle a un certain franc-parler, et pourtant elle ne sait pas évoquer les sentiments. Elle possède la pudeur des grandes gueules. Qui peuvent parler plus fort que n'importe qui, mais qui tournent le dos lorsqu'il s'agit de raconter un peu ce qui s'agite là, sous la poitrine. On ne lui a pas bien appris à dire l'amour, alors elle le cuisine dans ses jolies marmites, elle l'enferme dans des bocaux stérilisés, elle l'aplatit au rouleau à pâtisserie, elle le fait bouillir et le met à rôtir avec tout son cœur à l'intérieur.

Il y a tellement de façons d'aimer les autres. Ses billets doux, ce sont des saucisses grillées. Ses déclarations, du boudin blanc. Ses câlins, des cookies au chocolat. Il sent bon, son amour. Il fleure bon la cannelle et le sucre caramélisé. Il a le goût des pommes au four. Il a la rondeur d'un gratin dauphinois. Il atterrit dans l'estomac et fait du bien.

Il ne fait pas de bruit, mais il prend au corps. Tout entier.

Elle met la touche finale à la recette du jour et contemple le fruit de ses efforts pendant que l'aube pointe le bout de son nez par la grande baie vitrée.

Elle s'octroie alors une pause bien méritée, assise à la table de la véranda. Qu'elle soit inondée de soleil ou dans la pénombre d'une journée grise. Un grand bol de café noir entre les mains. Elle prend son temps.

Un crayon à papier entre les doigts, elle attrape un journal qu'elle a conservé ou qu'on lui a donné pour ne pas qu'elle tombe en rade de ces jeux de lettres qu'elle apprécie tant. Elle croise alors les définitions et se joue des mots fléchés. Petit délice intellectuel. Elle cherche le terme exact et se creuse le ciboulot. Pour entretenir ce qui lui reste de neurones.

Les mots. Souvent sur le bout de sa langue. Plus elle avance en âge, moins ils arrivent. Mais elle lutte avec sa tête. Elle travaille cette mémoire qui ne doit surtout pas défaillir. Elle s'agace, se triture les méninges pour les garder vivantes. Et chaque lettre qu'elle trouve, chaque mot qui jaillit, qu'elle retrouve du fin fond de son cerveau, la remplit de fierté.

La chienne, sous la table, est à l'affût de la moindre miette prête à atterrir sur le carrelage. Elle sait que Raymonde ne lui donnera rien de son propre chef. On ne réclame pas. C'est mal, et son éducation l'empêche de tenter le diable. Elle fixe parfois sa maîtresse pendant de longs moments dans l'espoir de l'attendrir, mais le stratagème ne fonctionne jamais. En revanche, la bougresse a conscience que les gestes de la vieille dame sont plutôt malhabiles et qu'à tout moment, quelque chose peut se retrouver au sol.

Alors, elle guette. L'espoir aux babines et prête à saisir sa chance.

Ce matin, quelqu'un frappe à la porte. Enfin, quelqu'un sonne à la cloche. Depuis peu, Raymonde a acquis une belle grosse cloche en cuivre car il paraît qu'elle n'entend pas lorsque quelqu'un tape... C'est ce que dit Lucas. Il doit avoir raison. Sa compagne à quatre pattes se rue alors vers l'entrée, comme devenue hystérique.

— Stop, Pétasse !

La jeune chienne cesse immédiatement sa course. Raymonde lui désigne d'un signe de main impérial sa paillasse près de la grande cheminée. Pétasse, coupée en plein élan, se dirige, penaude, vers sa couche, et s'étend avec le regard implorant de celle dont la dignité vient d'être bafouée. Raymonde a quand même réussi à la rendre un minimum obéissante. Et elle n'en est pas peu fière. Même si son éducation laisse un peu à désirer, elle n'a pas tout raté !

Ce matin, elle ouvre la porte sur un Lucas encore ensommeillé tout en épis et traces d'oreiller en travers du visage. Un petit garçon de trente ans. Dieu que le temps passe vite, et le voir à l'œuvre sur cet homme qui ne cessera jamais d'être son petit garçon la fait souvent vaciller.

— Hello, petite mère ! J'avais envie de prendre le petit déj avec toi, ce matin ! Tu payes ton café ? J'espère que je ne te dérange pas trop tôt, lance le garçon, un demi-sourire aux lèvres, en s'asseyant sur une chaise sous la véranda.

— Tôt ? Tu plaisantes ou quoi, j'en suis à la moitié de ma journée, là ! Mais qu'est-ce qui t'arrive ? Ce n'est pas ton genre de venir me tourner autour de bon matin. Tu ne bosses pas, aujourd'hui ?

Raymonde grommelle, mais Lucas n'est pas dupe. Ils savent tous deux à quel point la grand-mère apprécie les visites impromptues de son petit-fils.

Pétasse, en transe, bondit du coin où elle s'était retranchée et accueille le jeune homme par des jappements excités et des sauts de cabri. Lucas la prend dans ses bras et enfouit sa tête dans le poil soyeux de la belle petite chienne. Elle ressemble tellement à Guismo, dans le film *Les Gremlins,* qu'il craque à chaque fois !

— Quand elle t'aura pissé dessus, tu feras moins le mariole… Tu sais très bien que cette couillonne fait des pipis de joie lorsqu'elle est trop contente !

— Elle est comme toi, alors, Mamie !

Il ne peut pas s'empêcher d'essayer d'énerver sa grand-mère. C'est un jeu entre eux.

— Tu es vraiment un sale ingrat, Lulu… Et puis, tu verras quand tu auras mon âge… Tu te pisseras dessus et je ne serai plus là pour te changer la couche, cette fois !

— Il y a quand même longtemps que tu ne me changes plus les langes, Raymonde ! Et tu as la chance d'avoir gardé toute ta dignité…

La vieille dame lui tourne le dos et se dirige en grommelant vers la cuisine. Elle commence à sortir deux mugs d'un placard rempli de tasses estampillées de messages tous plus originaux les uns que les autres.

J'aime ma super mamie. Ma mamie n'est pas vieille, elle est vintage. Best Grandma ever. Mamie Thé la meilleure.

Elle opte pour un mug ou est inscrit *Personne n'est parfait à part moi* pour elle, et un où on peut lire *Je ne suis pas du matin* pour Lucas.

— Il n'y a pas de chocolatines ce matin, prends une biscotte. Tu manges avec moi, ce soir ? demande la vieille dame en servant le café.

— Oui, si tu veux, je finis de taffer à dix-neuf heures, par contre, réfléchit-il tout haut.

— « Taffer ? » C'est quoi encore, ce langage ? Tu me sors un nouveau mot chaque jour…

— C'est plutôt que tu oublies d'un jour sur l'autre que je t'ai appris un mot la veille, ma vieille. On pourrait dire à Jeanne de se joindre à nous ce soir, alors, non ? Elle me plaît bien, cette nana, tu sais. Elle a l'air d'un petit chat perdu. Avec ses grands yeux pleins d'angoisse et ses cheveux ébouriffés !

— Oui. C'est une fille bien. Ne commence pas à te moquer ou tu vas avoir affaire à moi. Tout le monde n'a pas la chance de ressembler à Burt Lancaster... Alors un peu de pitié, Lulu, pour le commun des mortels !

— Inconnu au bataillon, ce Burt, rigole son insolent de petit-fils.

— Eh bien, tu auras appris au moins quelque chose aujourd'hui... T'iras voir sa photo sur ton Internet de malheur, et tu te coucheras moins con ce soir, tiens !

Leur duel verbal quotidien est interrompu par le tintamarre assourdissant de la cloche à l'entrée. À travers la porte vitrée, ils aperçoivent justement Jeanne qui se triture les mains.

Raymonde lui ouvre la porte et lance joyeusement :

— Quand on parle du loup, en voilà la queue !

Jeanne a tout l'air d'une petite fille en faute, un peu rouge d'émotion.

— Bonjour Raymonde ! Je suis désolée de vous déranger de bon matin, mais je me demandais si vous pouviez déplacer la voiture qui se trouve dans le garage. J'aimerais pouvoir rentrer la mienne à l'intérieur, il y a suffisamment de place pour les deux...

Raymonde se détourne de l'entrée et revient d'un pas déterminé vers la table du petit déjeuner.

— Ça fait des années qu'elle est là-dedans, cette vieille guimbarde. Quel besoin tu as d'aller la déranger ? Nous ne sommes pas en hiver, que je sache ! Ta voiture ne va pas mourir de rester dehors...

Jeanne prend les mots de la vieille femme en pleine face, comme un blizzard sibérien.

Lucas qui semble s'apercevoir que le temps tourne à l'orage, avale son café d'une traite, grimace et embrasse sa grand-mère qui le repousse en grognant.

— Allez, je file, mamie ! Il y en a qui doivent gagner leur croûte ! Ne t'inquiète pas, Jeanne, je soupçonne ma vénérable grand-mère d'être la seule femme au monde de plus de quatre-vingts ans à encore avoir ses ragnagnas… Elle a ses humeurs, la reine mère…

— C'est ça, dégage, sale gosse ! C'est sexiste, en plus, ce que tu dis là !

Elle se tourne vers Jeanne.

— Et Jeanne, pour ta gouverne, je ne conduis pas. Je ne conduis plus. Jamais. Et de toute façon, personne ne sait où se trouvent les clefs.

Jeanne comprend que le débat est plus que clos.

Lucas s'empresse de disparaître dans un tourbillon de vie, suivi par une Jeanne un peu penaude.

Une fois le calme revenu, la vieille dame observe les deux jeunes gens discuter dans la cour. Lucas fait de grands gestes ; il semble faire le clown face à une Jeanne qui sourit timidement.

Elle entend d'ici le rire de Lucas et le voit monter sur son scooter, mettre son casque et démarrer en pétaradant.

Comme elle est toute seule, elle n'a pas besoin de cacher un sourire béat d'admiration sur ses lèvres.

Qu'elle l'aime, ce grand couillon…

4.

RAYMONDE A TOUJOURS ÉTÉ LÀ.

Et ce ne sont pas que des mots.

Raymonde a véritablement toujours été là pour lui. Du plus loin qu'il s'en souvienne, elle habitait sa vie.

Évidemment, c'est sa grand-mère maternelle. Les liens du sang. Tout ça. Mais il y a autre chose entre eux. S'il plonge dans sa mémoire, il voit toujours Raymonde entourée d'une sorte d'aura merveilleuse.

Une magicienne. La belle au bois dormant avait bien pour marraines trois petites fées. Eh bien, lui, sa grand-mère en était une. Pour de vrai. La fée Mamie. Sa Majesté Raymonde. La seule et l'unique. Pour peu qu'on puisse s'imaginer une fée la clope au bec, en tenue confortable, chemise bariolée et baskets aux pieds.

Dès l'enfance de Lucas, ces deux-là s'étaient trouvés.

Raymonde n'était pas une mamie câline. Ça tombait bien, Lucas était plutôt un enfant solitaire. Le contact physique l'angoissait. Surtout que, avec sa blondeur légendaire, tout adulte qui croisait sa route semblait ressentir le besoin impérieux de lui passer la main dans les cheveux, fasciné par cet enfant lumineux comme un soleil d'été. Sans demander son avis.

Il appréciait sa tranquillité. Et comme lui, Raymonde n'aimait pas qu'on vienne piétiner ses plates-bandes intimes.

— C'est toi qui décides, Lulu. Tu décides ce que tu aimes, tu décides qui tu aimes, tu décides ce que tu aimes faire. Il n'y a que toi qui peux savoir qui tu es vraiment. Ne laisse personne te dire qui tu es, mon Lulu.

Il n'en avait pas eu conscience durant ces heures d'enfance, mais elle lui traçait le chemin. Pour plus tard. Lorsque viendrait le moment de déterminer les routes à prendre. Choisir d'être, alors que le monde entier vous dictait chaque jour comment paraître.

Elle construisait, pierre après pierre, un mur qui le tiendrait à l'abri des bruits du monde. À l'abri de ces choses qui vous empêchent. Qui heurtent le vrai bonheur. Elle se voulait tolérante et lui montrait comment se tenir loin des jugements hâtifs. On ne savait jamais ce qui constituait une personne. Elle prônait les circonstances atténuantes même si elle lui apprenait aussi à se défendre.

Elle lui avait montré qu'on peut être n'importe qui, n'importe quoi. Pour peu qu'on s'en donne les moyens. Pour peu qu'on espère un peu plus fort que ce que le monde semblait proposer. Elle lui avait expliqué qu'il fallait s'accrocher aux choses auxquelles on avait envie de croire. Que lui seul pouvait choisir vers quoi le mèneraient ses prières. Le Bon Vieux, comme elle disait, n'était pas son copain, mais s'il voulait le prier à genoux, le soir, libre à lui.

Rien n'avait été très traditionnel avec elle.

Rien n'avait été banal.

Fort heureusement, d'ailleurs, car un jour, il avait compris qu'il était différent. Singulièrement lui-même. Dans la cour de récréation, à l'âge où l'on devrait pouvoir être tout ce que l'on souhaite, il savait déjà que certaines choses devaient rester dans son cœur.

Les petits garçons ne sont pas amoureux des autres petits garçons. Ça n'existe pas. Ça ne se peut pas. Il y a des princes. Il y a des princesses. Ils se marient, ils ont beaucoup d'enfants. Mais on n'a jamais vu un prince sauter à califourchon sur le dos d'un autre prince et se barrer dans l'autre sens. Non, jamais.

Il ne pouvait pas être la princesse dans la cour de récréation. Non plus.

Alors il avait eu des petites chéries. Il leur avait écrit des jolis mots enflammés. Avait dessiné des cœurs partout sur des cahiers d'écolier pour mieux se convaincre qu'il se marierait un jour avec l'une d'entre elles. Qu'il aurait des enfants. Qu'il serait un homme. Comme les autres. Qu'il filerait droit sur la bonne voie.

Il n'y avait que chez Raymonde que Lucas se laissait aller à explorer des territoires qui ailleurs lui paraissaient interdits.

Enfant, devant la glace, il appliquait rouge à lèvres et fard à paupières, enfilait une robe démodée que sa grand-mère avait bien voulu sortir d'un placard et des chaussures à talon haut vieilles de plusieurs décennies, mais si fascinantes pour le petit garçon. Il se baladait alors ensuite dans toute la maisonnée, content de son effet, sous le regard d'une Raymonde hilare. Elle rentrait toujours dans son jeu, complice et bienveillante, sans aucune gêne. Sans aucun a priori. Dans un grand éclat de rire, afin d'éviter qu'il ne se pose trop de questions. La vie est un jeu, lui disaient les yeux rieurs de sa magicienne de grand-mère. Et elle l'applaudissait à tout rompre.

Fière. Quelle que soit la personne qu'il entendait être.

Couché sur le tapis, devant la cheminée, il coiffait avec passion les chevelures indomptables de poupées aux mensurations de rêve et leur faisait vivre des aventures époustouflantes et romantiques.

Pourtant, il gardait en tête que ces jeux, aussi innocents qu'ils puissent être, n'étaient pas du goût de tout le monde. Il savait d'instinct que ces découvertes-là, ces divertissements-là resteraient entre Raymonde et lui. Ne pouvaient se réaliser qu'entre les murs de cette ferme, domaine enchanté de tous ses possibles.

Aussi, lorsqu'il entendait la voiture de son paternel remonter l'allée, il se précipitait et balançait Pamela et compagnie dans un coffre en bois. Jetait un œil dans le miroir pour vérifier qu'il ne persistait pas de vert sur les paupières.

Une fois, il avait omis d'ôter le vernis rouge écarlate qu'il avait posé l'après-midi même avec une grande application. Il ne se souvenait pas de ce qu'avait dit son père, ni s'il avait vraiment dit quelque chose, mais il se rappelait avoir été obligé de se rendre à l'école le lendemain les ongles bariolés. Sûrement pour qu'il prenne conscience que cela ne se faisait pas. Sûrement pour son bien. Pour lui donner une leçon.

Il avait passé la journée à dissimuler ses mains aux yeux de ses petits camarades. Enfoncées dans les manches de son sweat. Et personne n'avait rien vu. Pour la leçon, il faudrait repasser…

Cela avait pris tellement de place, cette différence dans sa vie. Il avait tellement eu peur de l'évoquer qu'il y avait eu une période où il prenait tout comme une attaque. Il se mettait tout de suite sur la défensive dès que le sujet pouvait être abordé.

Dans son quotidien, cela restait la source de bien des non-dits. De bien des larmes rentrées. Il ne comprenait pas ce qui l'agitait. Ce qui l'empêchait parfois de dormir la nuit. Lucas avait grandi à une époque où on ne parlait pas de ça dans les établissements publics. Pas de reportages à la télé, au journal de vingt heures, pour sensibiliser les adultes. On apprenait aux enfants, aux adolescents, qu'il faut être comme tout le monde. Un seul modèle.

Il ne voulait pas être une fiotte. Une pédale. Un pédé. Une tantouze. Ces mots que certains garçons du collège lui balançaient quotidiennement au visage. Se dire que d'autres semblaient finalement percevoir son secret l'avait mis dans un état de mal-être absolu.

Alors, il faisait tout pour ne pas les croiser dans la cour. Il se réfugiait la plupart du temps derrière les bâtiments. Toujours un livre dans le sac pour mieux oublier sa modeste existence. Pendant que de petits groupes de collégiens fumaient des cigarettes, à l'abri des regards, il se dissimulait, lui aussi, pour lire d'autres vies.

Dans ce collège de campagne où le rugby était érigé comme un art de vivre, il avait été très compliqué de se dissimuler. De faire la sourde oreille. Il avait appris à poser un voile sur sa différence. Ne pas la laisser le rendre fou. Se cacher. La cacher. Dissimuler tout le temps.

Même lorsque les autres vous insultent.

Surtout lorsque les autres vous insultent.

Bien des années plus tard, Raymonde lui avait juste glissé ces mots-là :

— L'autre matin, je me suis réveillée et je me suis demandé comment tu allais bien pouvoir faire pour annoncer ton homosexualité… C'est comme ça qu'on dit, hein ? Homosexuel ? Je n'aime pas trop ce mot. Il agresse un peu les oreilles. Il n'est pas assez joli pour parler d'une chose simple. Enfin, ce que j'en dis, moi… J'ai vu à la télé qu'on disait « sortir du placard ». Que c'est moche, ça aussi, comme expression ! Tu préfères manger de la saucisse ou du poulet ce soir ?

Il avait vingt ans et avait ri avec elle de soulagement. En quelques mots, elle lui montrait qu'elle savait et qu'il n'avait pas besoin de s'expliquer davantage. Elle le sortait du fameux placard, ouvrait les portes en grand, avec tout l'amour dont elle était capable. Il avait compris plus tard qu'elle avait minutieusement préparé sa tirade. Pour paraître détachée. Pour ne lui faire aucun mal. Pour l'aimer du mieux qu'elle pouvait.

5.

POUR LE PREMIER VÉRITABLE JOUR DE TRAVAIL de Jeanne auprès de Raymonde, les deux femmes doivent partir faire des courses. La ferme est située à une dizaine de kilomètres du Super U le plus proche.

Au moment de quitter les lieux, Raymonde demande à Jeanne de klaxonner bruyamment.

Jeanne s'exécute, un peu gauche, et Lucas finit par sortir dans la cour.

Raymonde hurle alors par la portière ouverte de la voiture :

— Tu as besoin de quelque chose, Lulu ? On part faire les commissions avec Jeannette.

Raymonde referme sa portière avec fracas. Elle risque de détruire sa voiture à claquer les portes comme si elle était poursuivie par un tueur en série, se dit Jeanne. Elle n'a pas entendu la réponse de Lucas. Il n'a sûrement besoin de rien, car la vieille dame tape sur la cuisse de Jeanne pour lui montrer qu'il est temps de se mettre en route.

— Ça ne te gêne pas, au moins, que je t'appelle Jeannette ? J'adore donner un diminutif aux gens. Lorsque je les aime bien, c'est plutôt gentil de ma part. Tu te doutes que si je ne les apprécie pas, c'est moins reluisant. Jeannette. C'est parfait, Jeannette. Comme tu as un petit côté vieille France, je trouve que ça te va comme un gant ! Allez zou, Jeannette, en route, mauvaise troupe ! Faut pas lambiner, ou on va se mettre en retard ! C'est que j'ai rendez-vous, moi !

Jeanne crispe un peu ses mains sur le volant en entendant cette remarque qui, dans la bouche de quelqu'un d'autre, aurait été extrêmement vexante. Mais la bonne humeur de Raymonde, et ces mimiques qui lui donnent l'air d'une gamine espiègle, la font finalement plutôt sourire même si elle n'arrive pas vraiment à se détendre. Car Jeanne doit bien faire, à compter de maintenant. Elle doit veiller à plaire à l'octogénaire. Pour pouvoir rester ici.

Raymonde, tout en papotant sans interruption le long du trajet, indique la direction à Jeanne. De préférence au dernier moment…

— Il faut que j'achète de la chair à saucisse, j'ai envie de faire des tomates farcies. On doit prendre des chips aussi, Lucas les dévore. S'il pouvait ne se nourrir que de ces saletés… En plus, il lui faut des chips particulières… Particulières ? Particuliers ? Tiens, je ne sais pas si on dit un chips ou une chips ? C'est le problème, avec ces mots bizarres, on ne sait pas les utiliser correctement… À gauche, au panneau… Je trouve que c'est important de savoir écrire comme il faut… Lucas m'a dit que tu n'aimais pas lire, Jeannette. Ce n'est pas normal, ça. C'est juste que tu n'es pas tombée sur le bon livre… Tout droit là, et à gauche au rond-point… Et il ne veut pas n'importe quelles pommes frites, bien sûr. Tu vois comme ça, le problème est réglé, en parlant français correctement, on n'a plus de questions idiotes à se poser ! Il n'aime pas quand elles sont aromatisées. C'est vrai que de nos jours, il y a des parfums pour tout. C'est exagéré. Il y a deux semaines, j'ai débarqué avec des chips au vinaigre ! T'aurais vu la tête du lardon ! J'ai cru qu'il allait me mettre une baffe, le bougre ! Il en a fait des caisses, comme si j'avais voulu l'empoisonner… C'est bon, c'est bon, tu peux filer tout droit, là…

Jeanne a l'impression de passer son permis de conduire une seconde fois. C'est toujours ainsi lorsqu'elle veut bien faire, elle se met dans des états de stress intense qui la desservent complètement.

— T'as pas l'air tranquille, ou je me trompe? finit par demander la vieille dame.

— Non, c'est juste que je ne connais pas la route. Ça ira mieux avec l'habitude, se justifie Jeanne.

— Ah, l'habitude! Tout ce que je déteste, l'habitude! Ça nous tue, l'habitude. C'est du poison, l'habitude...

Raymonde repart dans un monologue décousu, mais Jeanne se concentre sur la route pour ne pas provoquer d'accident. Elle hoche simplement la tête de temps à autre, ce qui semble tout à fait suffire à la vieille dame. Elles finissent par arriver à destination, au grand soulagement de Jeanne.

Il n'y a pas beaucoup de monde au supermarché. Sûrement normal en pleine semaine. Jeanne aime mieux ça, car elle déteste la cohue qui peut régner dans ces endroits le week-end et au moment des fêtes. Rien ne l'angoisse plus que de devoir fendre la foule pour pouvoir s'y frayer un passage avec son caddie.

Raymonde sort péniblement de la Ford Escort. Il faut dire que les sièges, comme la voiture, ne sont pas de prime jeunesse et on peut vraiment finir incrusté dedans si on n'y prend pas garde.

Tout en vérifiant que les portières sont bien fermées, Jeanne observe la vieille dame du coin de l'œil et s'amuse de la voir faire. En effet, une fois sur le parking du centre commercial, Raymonde paraît transformée. Immobile près de la voiture, droite comme un *i*, le menton en l'air, l'attitude d'une reine en visite officielle, mélange de Cléopâtre et de Beyoncé. Elle semble prête pour l'Oscar de la meilleure actrice. Déjà, Jeanne la visualise en robe lamée jaune criard, au décolleté pigeonnant sur un tapis rouge, entourée de gardes du corps.

Elle tend un jeton à Jeanne et lui montre d'un signe de tête appuyé le coin du parking où sont empilés les chariots.

Le temps que Jeanne se débatte avec le système d'accrochage des caddies et arrive à en dégoter un qui roule normalement, Raymonde est déjà à l'entrée du magasin, en pleine discussion avec une autre vieille dame.

Jeanne s'approche, tant bien que mal, en tentant de faire une ligne droite avec son engin qui a tendance à dévier vers la gauche. Raymonde lui fait de grands signes et, lorsque Jeanne se trouve à une distance respectable, elle lui lance d'une voix de comtesse :

— Jeannette, voici Ginette. Et ça rime, en plus ! Ginou, voici Jeanne Jambon, ma nouvelle femme à tout faire !

Jeanne offre une main timide à la compagne de Raymonde. Cette dernière lui tend son poignet tremblotant et lui fait un sourire tellement chaleureux que, sans raison, Jeanne a immédiatement envie d'éclater en sanglots, juste pour que la vieille dame la prenne dans ses bras et la console.

Ginette semble être l'exact opposé de Raymonde. Tirée à quatre épingles, un chemisier blanc impeccable qui lui enserre le cou, une petite croix discrète en or dépassant du col. Une veste parme aux épaulettes protubérantes lui donne l'allure d'un rugbyman en goguette, le tout complété par une jupe longue digne de la royauté anglaise. Dans ses yeux d'un noir intense flotte une lueur de bienveillance. Elle transpire la bonté, la simplicité.

— Ginette, c'est ma meilleure amie, comme on dit, explique Raymonde en entrant dans le magasin. On se connaît depuis tellement longtemps, votre Madonna n'était même pas née. Elle a l'air un peu coincée comme ça, mais c'est une crème. Faut juste pas la lancer sur les bondieuseries, elle te ferait un cours de catéchisme dans la seconde. Une vraie grenouille de bénitier, ma Ginou. Les histoires du Bon Vieux, c'est vraiment son truc.

Jeanne rougit devant l'insolence de sa nouvelle patronne, mais Ginette ne semble pas du tout offusquée par les propos de son amie. Jeanne imagine qu'elle doit être habituée aux sorties en fanfare de Raymonde. Elle paraît même beaucoup s'en amuser, car elle adresse un clin d'œil de connivence à Jeanne qui lui sourit timidement en retour.

— Enchantée, Jeanne, dit Ginette avec gentillesse.

— Bon, on ne peut pas passer dix plombes à faire les présentations, les filles ! On doit faire les courses. Jeannette, je t'ai fait une liste, je te laisse remplir le chariot. Je vais me balader dans les rayons avec Ginette. Pour une fois que je peux me reposer sur quelqu'un d'autre, je ne vais pas m'en priver ! Et je vais aider Ginou à trouver ses bonbons à la menthe. Elle ne jure que par ces sucreries, tu sais, les Vichy... Elle en a plein son sac ! Pour attirer les messieurs, hein, ma Ginou !

Et elle plante là une Jeanne complètement perdue, avec à la main une liste longue comme le bras et ce caddie qui roule de travers.

La jeune femme s'élance avec courage dans les allées plutôt calmes du supermarché. Elle fait de nombreux allers-retours, car elle ne connaît pas le magasin, mais, étant quelque peu organisée, elle arrive finalement à trouver l'intégralité des articles de la liste de sa patronne. Paquets de céréales, beurre, riz, lessive, produit pour les vitres... Elle n'est pas peu fière.

Au gré de ses recherches, elle croise souvent les deux vieilles femmes qui arpentent aussi les rayons, mais à un rythme beaucoup moins soutenu. Elles avancent côte à côte, Ginette saisissant un article de temps à autre tandis que Raymonde monologue en continu.

Jeanne finit par les rejoindre et elles se dirigent toutes les trois vers la sortie du Super U afin de régler leurs achats. Jeanne propose de passer aux caisses automatiques pour gagner du temps.

— Mais malheureuse ! Il n'y a personne dans le magasin, s'indigne Raymonde. Je ne vois pas bien quel temps tu veux gagner... Nous ne sommes pas attendues par le président de la République, que je sache. Et ces machines, c'est une grosse arnaque ! Il paraît que, parfois, elles t'ajoutent des articles sur le ticket. Des choses que tu n'as pas dans ton panier... Non, non, on va en rester aux caissières en chair et en os. Elles ne sont pas toutes très aimables, mais il faut faire marcher l'emploi. Et puis, il n'y a pas que des femmes, d'ailleurs…

La vieille dame scrute les caisses et pousse un petit cri de joie.

— Samir est là aujourd'hui. C'est mon petit chouchou, celui-là ! Il tire toujours la tronche, c'est rafraîchissant !

Jeanne jette un regard vers le Samir en question et se fait la réflexion que « petit » n'est pas un adjectif qui lui rend honneur. Coincé derrière son tiroir-caisse, on dirait que l'homme ne pourra plus jamais sortir. Debout, il doit faire pratiquement deux mètres, avec des bras comme des troncs d'arbre.

Le trio s'insère donc dans la file d'attente, plutôt longue au final, car le magasin n'a ouvert que quelques caisses devant le peu d'affluence. Jeanne jette un regard plein de regrets vers les caisses automatiques vides.

Lorsque leur tour arrive enfin, Samir salue poliment mais sans effusion supplémentaire une Raymonde rose de plaisir. Il jette un coup d'œil à Jeanne qui détourne immédiatement le regard et s'attelle à disposer les articles sur le tapis roulant.

— Oh, Samir ! s'exclame Raymonde. Toujours aussi aimable, toi ! Je te présente Mme Jambon, tu me verras souvent avec elle, elle travaille pour moi, maintenant. Elle me donne un petit coup de main ! Mais si j'avais vingt ans de moins, mon Samir, c'est moi qui te donnerais un coup de main, crois-moi !

Jeanne est offusquée par l'attitude grivoise de sa patronne, mais le grand gaillard semble bien la connaître et laisse même entrevoir un début de sourire tout en scannant les articles.

Tandis que Raymonde flirte de façon éhontée, Ginette en profite pour demander à la jeune femme :

— Alors Jeanne, Raymonde me disait que vous étiez peut-être mariée ?

— Tiens, c'est vrai ça, Jeanne, lance Raymonde en interrompant ses bavardages, vive comme l'éclair. Et ton mari ? Tu m'as bien dit que c'était lui, le Jambon, si je me souviens bien ? Je ne l'ai pas vu dans tes bagages, il me semble… Il compte débarquer prochainement, le cochon ?

Voilà, le moment redouté a fini par arriver.

Jeanne va devoir s'expliquer.

SOUVENIR D'ENFANCE

GINETTE A NEUF ANS.

Tous les samedis matin, comme un rituel, elle enfile un grand drap blanc dans lequel elle a percé un trou pour pouvoir laisser passer la tête.

Elle se poste face au splendide chêne qui se tient dans la cour de la maison familiale. Elle s'agenouille, les mains en croix sur la poitrine, et reste là pendant de longues minutes, un collier de fleurs séchées bien en place dans les cheveux.

Jusqu'à ce que sa mère finisse par venir la chercher.

— Allez, Ginette, arrête de jouer à la communiante, j'ai besoin de toi pour m'aider à éplucher les patates, va !

6.

Ce vendredi matin, Jeanne s'était levée en même temps que Bernard, comme à l'accoutumée.

Elle s'était douchée puis habillée à la hâte. Elle avait filé dans la cuisine pendant que Bernard émergeait devant BFM TV, le cheveu en pétard et le regard vague.

Elle avait déposé avec délicatesse un 33 tours sur la platine du salon. Son petit bonheur quotidien. Ce matin-là, c'était Goldman qui beuglait gentiment qu'« elle a fait un bébé toute seule ».

Jeanne apprécie la musique plus que tout. Enfin, pas la Musique dans le sens noble du terme. Non. Elle, elle aime la variété française. La variétoche, quoi... Elle connaît par cœur des centaines de chansons. Tantôt acidulées, tantôt poignantes, elles l'accompagnent, partout, tout le temps.

Elle peut faire son ménage au rythme d'un Johnny puis se retrouver bouleversée par un Cabrel à l'heure du déjeuner. S'endormir sur le canapé en écoutant une ballade de Calogero puis se réveiller en fanfare avec Édith Piaf.

Mélomane des temps modernes, petite provinciale accro à la variété française. Elle tient ça de son papa. Il lui avait ouvert les oreilles dès la plus tendre enfance, au grand désespoir de sa mère qui, lorsqu'elle les trouvait dans la chambre de Jeanne autour du mange-disque en train de chanter à tue-tête, levait les yeux au ciel et se plaignait de devoir faire « tout toute seule dans cette baraque ».

Le temps de préparer le café noir de Bernard. Le temps de s'asseoir en face de lui dans la petite cuisine de leur maisonnette. Le temps de l'écouter lui expliquer tout ce qui l'attendait au boulot ce jour-là.

Il s'était levé, et l'avait embrassée sur le front avant de partir.

Comme chaque matin.

Pourtant, ce fut ce baiser quotidien, immuable et sans surprise, qui avait tout déclenché.

Car ce matin, sans savoir pourquoi, dans un élan inaccoutumé, Jeanne avait tendu ses lèvres à Bernard pour un véritable baiser.

Et Bernard s'était retrouvé à la dévisager, évitant sans égards ce baiser mouillé et incongru pour se recentrer sur le front quotidien. Il avait secoué la tête, mi-étonné, mi-agacé, et avait franchi le seuil pour se rendre au musée sans autre forme de procès.

Elle était restée assise là au milieu de sa cuisine, au beau milieu de sa vie.

Triste comme les pierres. Chamboulée comme jamais elle ne l'avait été. Frappée par une décharge de lucidité, plus dévastatrice que mille coups de tonnerre.

Jean-Jacques Goldman s'était tu.

Le silence. Brisé par les sanglots de Jeanne. La tête dans les mains et cette détresse qui coulait à gros bouillons de ses yeux de moche. De cette vie de moche.

Devant le miroir de l'entrée, quelques minutes après le départ de son époux, en essayant de réparer les dégâts de cette crise de larmes, elle en était arrivée à la drôle de conclusion que, non seulement sa vie partait en eau de boudin, mais qu'elle ressemblait elle-même à un vrai petit boudin. Inspirant cette sorte de répulsion à son propre mari. Jusqu'à ce nom offert par les liens sacrés du mariage. Cadeau empoisonné. Digne d'elle, finalement. Jambon. Qui avait envie de s'appeler Jeanne Jambon ?

Elle était une madame. Une madame Jambon de surcroît.

Pas de véritable coupe de cheveux. Jamais maquillée. Vêtue de son éternel Levi's et d'un sweat difforme aux couleurs criardes. Tout ce qu'elle apercevait, dans ce terrible moment d'introspection, était une femme dont jamais elle n'aurait voulu être l'amie.

Une nana sans courage, qui avait lâché prise. Une pauvre fille, tiens...

Une peureuse qui passait ses journées à lustrer une maison déjà si propre, convenue et décorée sans goût. Une peureuse, oui, qui s'était drapée si facilement dans ces habitudes ancestrales où madame virevoltait au foyer pendant que monsieur subvenait aux besoins du couple. Une femme qui se voilait la face, comme sa mère qui jouait, depuis des années, le rôle de la divorcée digne et bien comme il faut.

C'était cette femme qu'elle avait en face d'elle ce vendredi matin et qu'elle observait franchement et sans fard dans ce miroir ridicule, dans l'entrée ridicule de cette maison ridicule.

Adieux, veaux, vaches et jambons.

La crémière se faisait la malle.

SOUVENIR D'ENFANCE

JEANNE A SIX ANS.

Elle écoute ses vinyles. La tête collée sur l'enceinte du mange-disque. Elle passe en boucle son 45 tours préféré. Elle repousse en permanence le moment de se rendre au petit coin tant elle se régale à chanter en même temps que Chantal Goya.

Elle s'oublie. Sa culotte est trempée.

Discrètement, elle se glisse à l'extérieur de la maison et enterre la preuve accablante de son infamie au fond du jardin.

Pour la quatrième fois de l'année.

7.

Lucas aime faire le ménage. Il tient particulièrement à ce que sa chambre soit dans un état irréprochable. Il s'agit de la pièce dont il prend le plus grand soin. Comme on fait son lit, on se couche.

Lucas est un garçon ordonné. Chaque chose à sa place et une place pour chaque chose. Ainsi, il se sent bien. L'ordre le rassure, le protège.

Lucas aime l'ordre et les boules à neige. Il en possède vingt-neuf exactement. Une pour chaque année de sa vie. Elles sont alignées sur une étagère au-dessus de son lit, scrupuleusement dépoussiérées, au minimum trois fois par semaine.

Il les trouve émouvantes, ses boules à neige, un petit peu tristes, aussi. Elles arrivent souvent à le faire pleurer. Car elles racontent un peu de son histoire. Elles parlent beaucoup de ce qu'il n'a pas pu vivre.

Elles ont un goût de mélancolie, elles semblent attendre que quelqu'un les secoue. Les remue de l'intérieur. Leur donne vie. Elles ont l'air d'espérer que quelque chose se passe, figées dans leur absurdité. C'est complètement farfelu comme objet. Donc sublime.

Du coup, chaque soir, il choisit un des paysages endormi sous le verre transparent et le retourne délicatement. Pour voir voltiger les flocons. Pour chasser la tristesse et conjurer le mauvais sort.

C'est une drôle d'habitude qu'il a depuis l'enfance. Depuis que sa mère s'en est allée. Quelque chose qu'on fait parce que ça fait du bien. Qui le rappelle à celle qui manque à sa vie.

Sa première boule à neige, Maman la lui a offerte pour son premier anniversaire. Évidemment, il n'en conserve aucun souvenir. Juste ceux qu'il a fini par s'inventer avec le temps. La réminiscence trompeuse d'une mère qu'il n'a pas connue.

Même ce mot. Maman.

Son esprit comprend tout ce qu'il peut contenir d'innocence, de confiance.

Son cœur, lui, ne connaît rien de cet amour-là. Il ne peut que le fantasmer.

Il imagine sa mère découvrir dans une boutique quelconque ce bibelot et l'acheter sur un coup de tête. En se disant certainement que Lucas est trop jeune pour apprécier un tel cadeau. Mais elle ne résiste pas à l'envie de lui faire ce présent. Pour son fils. Son tout-petit.

À l'intérieur du globe de verre, il y a le Petit Prince. Seul au beau milieu des dunes. Lorsqu'on agite l'objet, ce n'est pas la neige qui tombe, c'est le sable du désert qui se disperse en paillettes de lumière.

Pour sa première année d'existence, Maman lui a fait ce cadeau. Le dernier.

Et au fil des années, étrangement, c'est devenu une tradition. Même si Maman n'était déjà plus là pour la deuxième… Raymonde, parmi les différents cadeaux d'anniversaire, n'oublie jamais de dénicher une boule à neige. L'héritage de cette mère disparue. Que la vieille dame ne pouvait se résigner à enterrer complètement.

Sa fille. Unique.

Un accident de voiture. Un coup du destin. Lucas avait toujours vécu avec cette absence.

On ne discutait jamais de sa mère. Il devinait que cela devait être douloureux pour ceux qui l'avaient aimée d'évoquer celle qui s'était vue fauchée dans la fleur de l'âge. Il comprenait, et peut-être ne voulait-il pas en savoir plus…

Ne restaient que des photos jaunies. Clichés de clichés datés. Maman à la maternité, épuisée mais heureuse, dans une chemise de nuit follement vintage, le cheveu mou et le visage lourd de fatigue. Maman en train de lui changer sa couche. Papa et maman, fiers et lumineux, Lucas dans leurs bras.

Puis plus de maman. Et plus de photos. Ou alors en de très rares occasions. Pour une fête exceptionnelle. Comme si plus rien ne méritait d'être figé sur la pellicule après elle.

Papa avait pris chaque jour comme un boulet qu'il devait traîner. Sans joie et sans rancœur non plus. Juste un devoir à accomplir. Il s'était occupé avec courage et détermination des besoins élémentaires de son fils. Il avait fait tout ce qui était en son pouvoir pour qu'il puisse grandir. Mais la tristesse avait toujours été là. Cette absence de lueur dans le regard, cette flamme éteinte en permanence. Que Lucas n'avait jamais eu l'occasion de voir brûler.

Son père avait tenté de faire face. Avec son fils à bout de bras. Mais personne n'avait été dupe. Surtout pas le petit garçon qui observait d'un œil inquiet cet homme aux poings et à la mâchoire toujours serrés. Personne ne pouvait pénétrer la bulle de mélancolie et de résignation qu'il s'était construite. Pas même Raymonde et sa légendaire bonne humeur contagieuse. Surtout pas Raymonde. Son père semblait la fuir comme la peste.

Il n'avait jamais refait sa vie ou même simplement tenté de la continuer. Quelque chose s'était brisé depuis l'accident. Il était resté en vie pour ne pas laisser cet enfant. Leur enfant.

Et Raymonde, de son côté, avait décidé de lui offrir chaque année une boule à neige.

Chacun des précieux objets retrace une période de sa vie. Un lieu inoubliable. Une passion de passage. Une star qu'il a idolâtrée. C'est sa vie qui se décline dans ces jolies petites sphères aux accents rétro.

Michael Jackson en moonwalk, ultra-collector et en édition limitée. La célèbre école Poudlard, reconstituée en miniature et fidèle à l'originale. Un modèle gigantesque acheté à Disneyland, représentant Blanche-Neige et ses sept nains. La tour Eiffel. Une boule à neige contenant l'eau de toilette Jean-Paul Gaultier.

Une multitude de belles idées qui, chaque année, avait fait plaisir au petit garçon et à l'adulte que Lucas tentait de devenir. Sans lui faire oublier la toute première.

Il y en a une qu'il aime particulièrement. À l'intérieur, une photo de Raymonde et lui. Elle est personnalisée. Raymonde était fière comme un pape au moment de la lui offrir.

— Je l'ai fait faire par l'Internet.

Par ses simples mots, Lucas avait compris les mille tourments qu'avait dû endurer sa Raymonde bien-aimée pour arriver au résultat final. Elle qui ne savait même pas se mettre un DVD toute seule. Alors, l'Internet ! C'était son ascension du mont Blanc. Son chemin de croix pour faire naître un sourire sur le visage de son petit-fils.

Oui, Lucas collectionne les boules à neige.

Lucas collectionne les boules à neige et les abandons.

8.

CELA FAIT MAINTENANT PLUSIEURS SEMAINES que Jeanne vit à la ferme.

Raymonde continue de dire la ferme, même si le bâtiment n'a plus rien d'un endroit où cultiver le maïs et élever les cochons. Mais ce terme colle à la peau du domaine. Comme un petit nom affectueux. Ferme elle fut, ferme elle restera.

La vieille dame espère que Jeanne a un peu l'impression d'être chez elle, ici. Libre de ses mouvements. De ses pensées. De ses affinités. Raymonde a entrevu chez elle une belle sensibilité, et ce dès le premier jour. Jeanne donne envie qu'on lui fasse confiance.

Elle semble pourtant tellement enfermée à l'intérieur, cette pauvre enfant. Elle lui fait un peu de peine. Mais Raymonde sait qu'elle peut l'aider. Qu'elles peuvent s'épauler. Elles sont copines, maintenant. Peu à peu, Jeanne relâche sa garde, sort de sa réserve. Brise la coquille.

Les deux femmes se retrouvent souvent toutes les deux, la plus jeune paraissant toujours trotter derrière la plus âgée. Comme si elle voulait en permanence la rattraper. Il n'est pas rare, aux hasards de la journée, de les apercevoir bras dessus, bras dessous, comme deux amies en train de mettre au point un bon coup. Accompagnées par la petite chienne qui, elle aussi, semble avoir adopté Jeanne. Il n'est pas inhabituel de la voir gratter avec insistance à la porte de la jeune femme. Et Jeanne a appris, de son côté, à apprécier les visites intempestives de la petite Pétasse.

Elles ont leur emploi du temps. Le mardi matin, elles ont leur rendez-vous avec Ginette qui les attend toujours à l'entrée du magasin, pleine de cette élégance surannée et de sa discrète bienveillance.

Jeanne a compris que cette dernière ne pouvait plus conduire sans risquer un accident et se rendait prudemment au supermarché à vélo. Elle a tenté à plusieurs reprises de lui proposer de faire un crochet afin de la conduire avec elles lors de leurs virées au Super U, mais Ginette refuse chaque fois.

Elles font alors leurs courses ou plutôt, Jeanne exécute les différents ordres du caporal Raymonde, qui arpente le magasin et lui désigne ce qu'elle doit mettre dans le chariot. Jeanne a fini par apprécier cette sortie hebdomadaire.

Le matin, la plupart du temps, elles prennent le café ensemble sur la terrasse et Raymonde lui raconte des bouts de sa drôle de vie. Des bribes de la femme qu'elle a été. Qu'elle reste.

Petit à petit et de façon décousue, Jeanne capte des morceaux de l'existence de Raymonde.

Raymonde a été mariée. Une seule fois. Et ce fut loin d'être la bonne.

Elle avait rencontré Roger au bal des pompiers. Grand classique d'une époque où les jeunes filles n'avaient pas tant d'occasions de rejoindre le sexe opposé. Elle avait éprouvé un désir immédiat pour lui. De fil en aiguille, elle s'était retrouvée devant le curé, accrochée au bras d'un Roger fier comme Artaban. Faut dire que Raymonde était un joli brin de fille, qui attirait pas mal de regards. D'envie chez les messieurs. De jalousie chez les dames.

Leur vie commune s'était vite avérée un vrai désastre.

Raymonde ne pouvait pas dire que leur séparation l'avait anéantie, mais tout de même, il avait fallu faire face. « Gérer », comme disent les jeunes. Pour sa fille. Qui n'avait rien demandé, elle. Et à partir de là, elle avait eu mille vies, mais plus jamais d'homme définitif. Pas de bague à son doigt, ni de corde à son cou, mais plusieurs à son arc.

Elle était devenue une femme seule. Une femme forte, à une époque où cela n'existait pas. Elle s'était inventé un modèle. Celui que lui dictait son cœur.

Les années avaient filé, sans se ressembler. Elle avait toujours de nouveaux projets, de nouveaux chevaux de bataille ! Les combats menés avaient forgé son caractère bien trempé. Avaient fait d'elle cette femme déterminée et volatile.

Un temps, Raymonde avait même travaillé dans un camp de naturistes. Personnification pour elle, à ce moment de sa vie, de la liberté la plus folle.

Elle avait ouvert un restaurant au bord de la nationale. Rencontré Dalida, Joe Dassin et Claude François, sans jamais se laisser impressionner.

La roue avait tourné et avait plutôt eu tendance à valdinguer dans tous les sens, mais elle avait décidé de vivre comme elle l'entendait. Prenant les coups du sort comme des défis et cultivant les instants de bonheur.

Elle avait souvent pleuré seule dans le noir. Et ne s'en cachait pas aujourd'hui.

— Tu sais ma belle, je n'ai pas l'air comme ça, mais je peux te dire que j'ai chialé. De rage. De peur, de honte…

Puis, un jour, elle était tombée sur cette vieille ferme en ruines. Et immédiatement, elle avait su qu'elle était enfin chez elle. Elle était arrivée à bon port.

Elle savait que ça lui prendrait du temps et de l'argent. Elle savait aussi qu'elle y parviendrait.

— J'avais trouvé l'endroit où je voulais mourir. J'étais heureuse comme ça ne m'était pas arrivé depuis longtemps.

À force d'y croire, elle avait d'abord réussi à retaper l'aile droite. La partie où Jeanne vivait actuellement. Puis au bout de quelques années, deux autres appartements avaient surgi des décombres. Raymonde s'était installée dans le plus grand et le plus lumineux. Elle avait ensuite commencé à louer les deux autres.

Lucas était devenu un de ses locataires.

— Il te racontera. S'il le souhaite. Ne lui pose pas de questions.

Ces mots, elle les avait balancés froidement. Le seul sujet sur lequel on ne pouvait pas plaisanter. Lulu.

Jeanne, de toute façon, ne posait jamais de questions. Elle se contentait, matin après matin, d'écouter les confidences, et tentait peu à peu de reconstituer le fil compliqué d'une vie multiple. Un puzzle incroyable.

Comment pouvait-on mettre sa vie sur le tapis vert ainsi et tout parier sur un coup de tête ? Tout perdre ?

Mais n'était-ce pas ce que Jeanne venait de faire ? Tout envoyer balader de la façon la plus spontanée qui soit ? Et n'était-ce pas un moment de son existence où elle se sentait vivante comme jamais elle ne l'avait été ? Ne pouvait-elle donc pas justement comprendre l'élan qui avait animé Raymonde ?

Elle était bien placée pour savoir qu'un jour tout peut basculer.

Elle était partie comme une fuyarde, de sa maison, de sa vie, de son quotidien. Et surtout, elle n'avait aucune envie de retourner à cette existence.

Bernard ne comprenait pas. Elle limitait leurs conversations téléphoniques au strict minimum et répondait une fois sur quinze lorsque son mari cherchait à la contacter. Il passait par tous les stades et usait de recettes vieilles comme le monde pour essayer de la faire revenir à la raison.

— Bibiche, tu me manques, tu sais. C'est vide, ici, sans toi. La semaine dernière, j'ai oublié de mettre le réveil et je suis arrivé au musée avec plus d'une heure de retard ! Ça ne m'était jamais arrivé. Et j'ai voulu faire une machine. Tout est ressorti rose pastel. Je n'ai plus rien de convenable à me mettre sur le dos. C'est toi qui t'occupes de tout ça, d'habitude… J'ai essayé de t'appeler mais tu ne répondais pas.

Il tentait de lui rappeler leurs années de vie commune, comme un bonheur simple là où Jeanne ne voyait maintenant que vide et résignation. Il dépeignait leur mariage en y ajoutant des couleurs là où Jeanne ne découvrait plus qu'un fade noir et blanc.

— Tu te souviens, Bibiche, la fois où je t'avais offert ce bouquet de roses ? Tu étais si heureuse. Et cette fête chez mon collègue, on s'était bien amusés, hein ? Je ne leur ai rien dit, évidemment. Je sais bien que tu vas revenir, hein, Jeanne ?

À bout d'arguments, il s'essayait aux menaces.

— C'est quand même fort, Bibiche ! Je ne mérite pas ça ! Je ne t'ai jamais tapée, je prends soin de toi, je suis un bon mari ! Même ta mère est d'accord avec moi ! Et tu es partie avec la Ford, je te rappelle qu'elle ne t'appartient pas, hein. Elle est à nous, à nous *deux*. Je ne veux pas appeler la police, mais si tu ne veux pas me voir, comment on peut s'en sortir ? Nous sommes mariés, on a promis de rester ensemble pour la vie, Jeanne, tu n'as pas le droit de quitter le domicile conjugal comme ça !

Il avait fini par lui proposer, ou plutôt par lui infliger, une entrevue en terrain neutre pour la semaine suivante. Elle ne pouvait pas ne jamais le revoir. Autant donc commencer par régler rapidement le problème.

En face à face et les yeux dans les yeux.

Comme quelqu'un qui assume.

Comme une grande.

SOUVENIR D'ENFANCE

JEANNE A NEUF ANS.
Elle a fait la liste des cinq choses qu'elle souhaite le plus dans l'avenir :
Être un petit peu belle.
Rencontrer Céline Dion.
Marcher avec des chaussures à talons.
Se marier avec un monsieur poli.
Avoir une maman gentille.

9.

LUCAS AVAIT EU SON VALENTIN.

Littéralement. Il avait rencontré un garçon qui s'appelait Valentin.

C'était une soirée comme une autre dans la ville rose. Lucas sortait beaucoup à cette époque. Pour s'oublier un peu. Pour rencontrer du monde. Pour avoir l'impression d'être entouré même si rien n'était plus volatil, plus éphémère que les amitiés festives liées autour d'un shot de tequila.

Ces nuits de fête, de danses le rendaient ivre de vivre. Cette parade perpétuelle lui donnait des ailes. Il avait vingt ans et tout était possible…

Et un soir, au détour d'un verre, d'une folle virée nocturne de plus, il avait croisé Valentin.

Soirée facteur. Le principe était fort simple. Sur la poitrine de chaque garçon qui entrait dans le bar était épinglé un numéro. On lui donnait un stylo et des papiers. Il n'y avait plus dès lors qu'à écrire à l'homme de son choix et à profiter de la soirée pour faire connaissance, au gré des missives reçues et envoyées. Un facteur exubérant à souhait, grimé en Mylène Farmer ou Madonna, selon les soirs, transmettait les mots plus ou moins doux de l'un à l'autre. On passait sa soirée à tenter d'identifier l'envoyeur. Parfois sans succès. On tournait les talons lorsque celui-ci ne paraissait pas à la hauteur de ses mots enflammés.

Souvent, une plume envolée et prometteuse laissait finalement entrevoir un homme au physique moins engageant que prévu, et vice versa. L'aspect ludique de l'exercice plaisait à tous. Voir ces grands garçons s'agiter et s'émoustiller à l'idée de recevoir un courrier du cœur avait quelque chose d'émouvant. D'une autre époque. Avec peut-être le secret espoir de croiser ainsi celui qui pourrait changer le cours des choses. Le fameux grand amour dont beaucoup rêvaient sans jamais oser en parler.

Il y avait ceux qui inscrivaient sur chaque papier exactement la même phrase et envoyaient leurs lettres à toute la salle. Publipostage amoureux qui devrait forcément aboutir à ne pas finir la soirée seul. L'amour, ou le sexe, comme un jeu des probabilités.

Ceux qui déambulaient dans le bar, examinant attentivement chaque prétendant comme on choisit un morceau de viande, et qui, une fois le repérage effectué, se lançaient dans la rédaction de leur proposition indécente.

Ceux qui ne recevaient pas grand-chose et qui riaient plus fort pour faire croire qu'ils n'attendaient absolument rien de la soirée, qu'ils trouvaient même cela plutôt ringard, et qui pourtant se mettaient à glousser comme des collégiennes lorsque Sheila leur apportait un courrier.

Ceux qui choisissaient, stratégiquement, une place centrale dans le bar et prenaient un air détaché, à la James Dean, jetant un œil nonchalant vers le facteur qui leur tendait une pile de lettres.

Ceux dont le regard triste implorait presque qu'on les remarque et qui souvent quittaient la soirée la mine défaite, à fendre des pierres. Mais qui reviendraient la semaine suivante subir encore cette humiliation dans le seul but de garder une lueur d'espoir.

Lucas rencontrait un joli succès. Attablé avec ses compagnons de noce d'un soir, il riait beaucoup et écrivait peu.

Il ne faisait jamais le premier pas et préférait répondre aux sollicitations si ces dernières restaient correctes. Il recevait beaucoup de lettres plus ou moins inspirées. Parfois glauques (il ne répondait alors jamais), souvent maladroites ou bien caustiques à souhait.

« Salut beau gosse, tu as quel âge ? »

« Bonsoir jeune homme, je t'ai remarqué tout de suite avec ton joli minois. Je t'offre un verre ? »

« Salut toi, tu baises ? Ha, ha, ha ! »

« Bonsoir, désolé de te déranger, mais j'aime beaucoup le pull que tu portes. C'est quoi la marque ? »

« Salut, un plan cul ? »

« Hello you ! Tu sais que tu brilles de mille feux au milieu de la nuit ! Tu es le soleil de la soirée ! »

« Coucou, dis-moi si ça te dit que je te laisse mon numéro de téléphone car tu es charmant ! »

Puis, Lucas avait reçu ces lignes :

« Bonsoir, attention à toi car après minuit les carrosses se transforment vite en citrouille. »

Lucas avait souri. Ces mots avaient quelque chose de détaché, d'un peu moqueur. Troublants car originaux dans un flot de missives plus ou moins similaires, ils avaient au moins le mérite d'attiser sa curiosité.

Il avait gardé en tête le numéro inscrit en haut du bout de papier pour finalement croiser son propriétaire, faisant la queue devant les toilettes, une heure plus tard.

Lorsque Lucas avait vu le jeune homme qui lui avait envoyé la lettre, il avait été déçu. Ce garçon ne lui plaisait pas tant que ça, en fait. Brun, pas très grand, les yeux cachés par de grosses lunettes. On ne pouvait pas parler d'un coup de foudre. Mais le jeune inconnu avait fini par venir s'asseoir à leur table. Ils avaient discuté. Ils avaient ri. Ils s'étaient dit au revoir.

Ils s'étaient revus. Pour boire un verre, dans ce même bar, mais sans le facteur. Ils avaient beaucoup échangé. Ils avaient beaucoup parlé. Ils avaient bu des cocktails aux noms compliqués. Puis Valentin avait pris la main de Lucas. Il l'avait entraîné derrière lui, dans la nuit toulousaine, en riant comme un enfant qui s'apprête à faire la plus folle des bêtises.

Et Lucas était tombé amoureux pour la première fois de sa vie, la main de Valentin dans la sienne, en courant de plus en plus vite. Au rythme des battements de son cœur. De plus en plus forts. Lucas s'était senti emporté. Libre comme le vent. Heureux comme un gamin. Heureux comme jamais. Lorsque aucune barrière ne vient enlaidir l'instant. Lorsqu'on se jette dans le vide, sans parachute et sans crainte. Le cœur en avant. Avant tout le reste.

Ils avaient couru le pavé jusqu'à la destination suivante de leur virée nocturne. Essoufflé, mais bienheureux, Lucas avait levé les yeux et Valentin l'avait embrassé. Un baiser hors d'haleine et magique.

Là, dans la rue, sans gêne. Sans crainte d'être vu. Comme si Valentin n'en avait rien à faire de rien. Libre de lui-même et si détaché du regard des autres. Lucas l'avait aimé d'un coup. Au moment de cette course folle dans les rues de Toulouse. Il ne savait pas qu'on pouvait être aussi spontané, aussi enfantin. Aussi léger.

Et pourtant, les dégâts avaient été irréparables.

SOUVENIR D'ENFANCE

LUCAS A SIX ANS.

Papa l'a disputé car il ne voulait pas finir ses haricots verts.

Qu'à cela ne tienne. Il attrape un carton, met dedans sa peluche préférée, un 45 tours de Dorothée et un paquet de BN.

Il se poste dans l'entrée et lance :

— Puisque c'est comme ça, je débagage à la ferme !

10.

Bernard est arrivé avant elle. De l'extérieur du restaurant, elle peut l'observer. Il paraît fatigué. Et anxieux. Il a l'air d'un petit garçon qui attend son tour de passer dans le bureau du proviseur. Un garnement contrit qui attend la sanction. Et c'est elle qui va devoir trancher.

C'est drôle comme, dans les moments importants de nos vies, nous avons tendance à redevenir l'enfant qui sommeille en nous. Cette époque où nos sentiments se lisaient sur notre visage. Bernard, ici, en est la parfaite illustration.

Ils ont convenu, lors d'un rapide échange téléphonique, de se voir pour déjeuner en terrain neutre. Jeanne n'a pas voulu révéler son adresse exacte. Elle a donc proposé ce petit restaurant à mi-chemin entre Carcassonne et la ferme de Raymonde. Au bord du canal du Midi.

Le restaurant se situe dans une ancienne maison d'éclusier. Autrefois, elle était habitée par ces hommes chargés d'ouvrir et de fermer les écluses au passage des péniches.

Sur la façade du bâtiment, il reste encore la plaque en fonte indiquant le nom de l'écluse et la distance qui la sépare de ses deux voisines, même si, aujourd'hui, ces dernières sont automatisées.

Jeanne a mis un temps fou à choisir sa tenue. Elle a même sollicité l'aide de Lucas. Il fallait que son apparence évoque une femme libre. Ou en voie de l'être. Sans non plus trop remuer le couteau dans la plaie de son futur ex-mari. Le résultat n'est pas tout à fait concluant, mais il y a du mieux. Elle a osé un peu de couleur.

Bernard est donc en avance, et s'est fait beau.

Elle pénètre dans l'établissement et s'assoit à la table.

— Bonjour Bibiche, lance Bernard d'un ton forcé en se levant pour l'embrasser.

Elle remarque qu'il est allé chez le coiffeur. En temps normal, c'est elle qui lui taille les cheveux. Il s'installe face au miroir dans la salle de bains et elle utilise la tondeuse, sur le plus gros sabot, pour lui rafraîchir sa coupe.

Il s'est rasé de près. Il sent bon. *Évidence*, le parfum Yves Rocher qu'elle lui a offert, comme chaque année, à Noël. Lucas dirait qu'Yves Rocher, c'est comme Roger & Gallet, ça fait flipper comme nom de marque... Pas très glamour !

Encore une pensée parasite qui, si elle continue, va la déconcentrer. Et l'heure est grave, elle ne peut pas laisser son esprit vagabonder vers d'autres cieux.

Jeanne évite sciemment sa bouche et lui fait une bise rapide sur la joue. Comme ce matin-là. Même si la situation est inversée. Et elle ne peut s'empêcher de ressentir un très léger sentiment de triomphe. Petite victoire sur elle-même. Elle en compte si peu dans son palmarès qu'elle doit prendre note de chaque moment où elle n'est pas la serpillière de la situation.

Lucas serait fier. Il ne faudra pas qu'elle oublie de lui raconter. Elle éprouve alors un sentiment de honte. Se trouve un peu gamine. La situation n'a rien de victorieuse.

— Bonjour... Je... Tu... Bernard...

— On se boit un petit apéro avant de lancer les hostilités ?

— Je ne vois pas pourquoi tu parles d'hostilités. Il n'y en aura pas. Je ne suis pas venue pour ça, et j'espère que toi non plus.

Jeanne tente de ne pas paniquer, de garder un ton égal, de ne pas se laisser submerger.

Bernard semble ronger son frein. Il paraît ne pas savoir quoi penser. Quoi faire. Comment se comporter. Elle se trouve bête d'être déjà sur la défensive.

— Bibiche, commence-t-il, je crois que j'ai compris ce qui t'arrive. J'ai fait des recherches sur Internet. Et j'ai découvert que les femmes qui ne peuvent pas avoir…

— Tais-toi, le coupe-t-elle en s'agrippant de toutes ses forces à la nappe. Tais-toi. Tu n'as aucune idée de ce que je peux ressentir.

— Bibiche… Ne t'énerve pas.

— Je ne m'énerve pas. Je veux juste pouvoir discuter sans que tu m'expliques ce qui se passe dans ma propre tête.

Bernard triture la salière. Boudeur. Comme un gosse qui vient de se faire taper sur la main alors qu'il s'apprêtait à saisir la plus grosse part de gâteau.

Elle ne sait pas non plus comment alléger l'atmosphère. Ce repas va être compliqué…

— Alors, comment ça se passe au musée ?

Oui, Bernard travaille dans un musée. Un musée un petit peu hors du commun.

Le musée de la Torture. À Carcassonne.

Il existe au beau milieu de la célèbre cité un petit établissement, antenne du musée de l'Inquisition, où le visiteur peut venir s'instruire et se détendre en contemplant des objets de torture.

Ainsi, son époux passe gaiement la plupart de son temps au beau milieu de cages de fer, guillotines et autres chaises à clous fort réjouissantes. Et comme il ne fait pas les choses à moitié, il se passionne pour son métier et peut passer des heures à détailler les différents effets de l'un ou l'autre des instruments présents dans son petit musée des horreurs.

Peu friande du sujet, elle s'était tout de même rendue à plusieurs reprises sur le lieu de travail de son mari. La première fois, contempler ces mannequins en situation réelle l'avait profondément perturbée. Elle avait imaginé pendant des semaines les ustensiles en action. Elle n'avait pas beaucoup dormi à cette époque. Ah, sacrée imagination...

Lorsqu'elle évoque « son » musée, le visage de Bernard s'éclaire et s'anime un peu.

— Oh, oui. Là, tout va très bien.

Là.

Il parle du musée comme un îlot de paix et de sérénité auprès duquel le naufragé peut trouver réconfort et ressources pour survivre. Bernard aime l'habitude. Il s'en nourrit. Le musée en est la personnification.

L'exposition de vieilleries qui resteront là. Pour toujours. L'apologie des trucs vieux. La preuve que l'on peut conserver le temps qui passe dans le formol sans l'abîmer, sans le détruire. Si on s'en donne juste la peine.

Bernard dort toujours du côté droit du lit. Bernard a une chemise définie pour chaque jour de la semaine. Bernard mange de la saucisse le lundi, et du poisson le vendredi. Bernard prend toujours les quinze premiers jours du mois d'août pour partir en vacances. Même s'ils ne sont jamais partis car les locations sont trop chères à cette période de l'année. Bernard joue au loto pour chaque super cagnotte.

Bernard.

Elle le regarde dans ce petit restaurant. Elle a sincèrement de la peine pour lui et s'en veut d'avoir envoyé l'équivalent de cent trente bombes atomiques dans son existence bien tranquille.

Cette situation nouvelle, inexplicable et terrifiante, Bernard ne sait pas la gérer. Il n'est pas armé pour. Pour leur bien à tous les deux, elle doit arriver à lui faire intégrer qu'elle ne reviendra pas.

— Je pense qu'on doit divorcer, lâche-t-elle du bout des lèvres.

Alors cela se produit.

Le visage de Bernard passe du blanc de cire au rouge écarlate. Il plisse les yeux et serre les lèvres en une moue peu ragoûtante et se met à sangloter.

Pas discrètement, non.

Son mari pleure à chaudes larmes au milieu d'un restaurant et elle le détaille comme si elle le voyait pour la première fois. Embarrassée. Mais pas réellement émue. Pas du tout, même. Toute trace de sollicitude s'envole à ce moment-là.

Elle sent surtout une pointe d'agacement. C'était trop demander, de garder un minimum de dignité ? Une once de fierté ?

Elle doit intervenir. Ne pas rester là à le dévisager.

Elle se lève comme en pilote automatique et se plante à côté de Bernard en lui tendant sa propre serviette afin qu'il puisse essuyer les divers fluides qui commencent à apparaître à différents points stratégiques de son visage.

— Bernard, s'il te plaît…

Le simple fait d'entendre sa voix semble faire redoubler d'intensité les larmes du malheureux mari éconduit, qui en profite pour monter également les décibels.

Le serveur profite évidemment de ce moment gênant pour venir prendre la commande. Il a cependant vite fait de tourner les talons lorsqu'il voit l'état de ce pauvre Bernard. Les autres clients commencent d'ailleurs à regarder vers leur table.

— Bernard, on peut sortir un moment, si tu veux…

Elle l'aide à se lever, le soutient comme un blessé de guerre, et ils sortent sous les regards mi-amusés mi-accusateurs. Elle se dit que décidément cet homme est un boulet et aussitôt elle s'en veut de penser une chose pareille.

Ils se retrouvent tous les deux sur la terrasse où personne n'est venu s'attabler. Car même si le soleil brille aujourd'hui, le fond de l'air reste frais. Tant bien que mal, Bernard sous le bras, elle atteint la rive un peu boueuse du canal aux eaux verdâtres. Elle assoit délicatement et avec une sollicitude factice son mari au bord de l'eau et s'installe à ses côtés.

Elle a l'impression de se débarrasser d'un poids au sens propre. Car elle se rend bien compte qu'au sens figuré, elle s'est déjà délestée du fardeau qu'était Bernard pour elle. Elle sait à présent que rien ne la fera fléchir. Ni la pitié, ni les convenances, ni les remords.

Pourtant, en même temps, elle se trouve risible. Elle les trouve ridicules. Deux pauvres cons assis dans l'herbe. Qui regardent sombrer leur mariage. Elle laisse les sanglots s'espacer et Bernard retrouver un état à peu près normal.

— On va y aller, Bernard. Il ne fait pas si chaud, là.

Elle ne trouve rien d'autre à dire.

Elle ne peut pas le regarder dans les yeux. Elle a terriblement honte de ressentir ce sentiment de dégoût envers l'homme qui a été son époux. Pourtant, la réalité est là, cruelle et mordante : il la révulse, à cet instant. Elle éprouve le besoin impérieux de s'enfuir.

Lorsqu'il se relève, elle étouffe un commencement de fou rire. Il a le pantalon maculé de terre au niveau des fesses. Elle ne le prévient pas. Elle ne veut pas ajouter à sa déconfiture.

Elle fait rapidement la bise à celui qui fut l'homme de sa vie et s'en va, emportant avec elle un début d'hilarité et un peu de la dignité de ce misérable Bernard.

11.

RAYMONDE A LE CŒUR QUI VACILLE.

Une vie à le faire battre si fort. Et aujourd'hui, il rate des battements. Manque quelques marches et parfois trébuche.

Raymonde sait qu'un jour, un soir, il finira par la trahir. Elle espère juste que ce sera dans la nuit. Qu'un matin, elle ne se réveillera pas.

Mais elle ne le dit pas. Ça ne regarde personne. Elles sont intimes, les affaires de cœur…

Alors parfois, de plus en plus souvent, elle s'assoit. Car faire les quelques pas qui séparent l'évier de la table de la salle à manger paraît insurmontable. Elle reste assise et écoute cette cavalcade en elle. Comme on dévale une montagne.

C'est drôle. Passer une vie, sans concessions, à vivre au rythme de ses battements pour qu'à la fin, il déraille d'avoir battu trop fort. D'avoir combattu. Elle sent dans sa poitrine que le temps est compté.

Alors elle attrape un carnet et elle écrit.

Elle arrachera des pages. Réécrira. S'embrouillera. Recommencera plus tard.

Et pourtant devra dire toute sa vérité.

PARTIE 2
ÉTÉ

« Nous sommes comme des feux d'artifice
Vu qu'on est là pour pas longtemps
Faisons en sorte, tant qu'on existe,
De briller dans les yeux des gens
De leur offrir de la lumière
Comme un météore en passant
Car, même si tout est éphémère,
On s'en souvient pendant longtemps »

Calogero, « Les Feux d'artifice »

12.

JEANNE S'ÉTAIT LITTÉRALEMENT ENFUIE de sa propre existence.

Elle était sortie de la maisonnette, une valise remplie à la va-vite, et s'était engouffrée dans sa Ford Escort. Avait attaché sa ceinture puis s'était souvenue qu'elle oubliait l'essentiel. Le temps de fourrer dans des cartons sa précieuse collection de disques, de les empiler sur les sièges à l'arrière et elle partait vraiment.

Elle avait regardé aux alentours. À droite. À gauche. Personne pour la voir s'évader. Personne à qui donner une explication. Personne non plus pour la retenir. La rue semblait calme, comme assoupie.

Ils vivaient dans ce lotissement, en périphérie de Carcassonne, depuis des années ; et pourtant, personne ne s'apercevrait qu'elle manquait à l'appel.

Jeanne n'avait jamais participé à la vie de quartier. Elle n'avait jamais non plus ouvert sa porte aux démarcheurs de toutes sortes.

Lorsque cela arrivait, une fois ou deux dans l'année, elle prenait soin d'éteindre la musique dont elle s'enveloppait la plupart du temps et se postait derrière la porte, le cœur battant, comme une petite fille jouant à cache-cache.

Elle n'avait acheté aucun calendrier de la Poste ou des pompiers. Ils avaient sonné à sa porte, parfois insisté, pour finalement rebrousser chemin. Bredouille. Et à chaque fois, elle avait ressenti ce soulagement de n'avoir pas eu à ouvrir sa maison. Soulagement teinté de ce regret de ne pas avoir osé.

Elle partait sans laisser de trace dans le cœur de ses voisins. Elle partait sans que personne ne s'en inquiète. C'était grisant. Et tellement triste à la fois. Ce sentiment de n'avoir compté pour personne, finalement.

Malgré des années passées à dormir les uns à côté des autres.

Des années à entrevoir d'un œil machinal les mêmes façades, à se croiser au hasard d'une poubelle que l'on sort, de courses que l'on transvase du coffre de la voiture jusqu'à l'entrée. À échanger quelques « bonjour » rapides.

Elle n'avait pas d'enfants, qui poussaient souvent à créer des liens obligatoires entre parents. Elle n'avait pas eu à faire le pied de grue en compagnie des autres mères sur le trottoir, au moment de la sortie des classes. Elle n'avait pas eu à assister aux kermesses, aux spectacles de danse, aux compétitions de judo ou aux représentations de centres aérés. On lui avait épargné ces connivences factices et souvent gênées.

Des années à voir grandir ces bambins inconnus. Les enfants des autres. Que l'on voit sans vraiment les regarder. Les quitter en train de faire leurs premiers pas et s'apercevoir un matin qu'ils se sont transformés en ados boudeurs aux cheveux gras. Les voir défiler devant sa fenêtre au fil des saisons. Avoir le sentiment de les connaître sans jamais leur avoir adressé la moindre parole.

Ne pas leur avoir ouvert les soirs d'Halloween. Incapable de gérer cette ronde incessante. Qui agaçait d'ailleurs Bernard au plus haut point. Ils sortaient ce soir-là. C'était la seule fois de l'année où ils s'autorisaient une séance de cinéma. Juste pour être certains de ne pas être à la maison lorsque les gamins déguisés tambourineraient à la porte…

Ces enfants des autres qui grandissaient, qui devenaient de jeunes hommes, de jeunes femmes. Pendant que chaque jour grandissait dans le cœur de Jeanne l'absence de sa propre progéniture. Cette sensation diffuse de passer à côté de quelque chose et cette manière de se protéger, en détournant le regard, pour ne pas avoir à y penser.

Jeanne ne pouvait pas avoir d'enfants. C'était ainsi. La faute à pas de chance. La faute à des gènes récalcitrants. Elle n'était pas venue au monde pour donner la vie. Elle l'avait appris très tôt, au hasard d'une consultation médicale.

À l'époque, elle avait été anéantie. Elle se faisait une certaine idée de l'existence qui l'attendait, et les enfants en faisaient naturellement partie. Elle avait tenté de conjurer le mauvais sort, mais les uns après les autres, les avis médicaux s'étaient montrés sans appel.

Bernard avait bien tenté, à plusieurs reprises, de mettre le sujet de l'adoption sur le tapis. Jeanne avait toujours éludé. Si la nature ne lui donnait pas le droit d'être mère, elle n'arrivait pas à se dire qu'elle pouvait changer le cours des choses. Puis, les années passant, c'était devenu une partie intime d'elle-même. Quelque chose comme le nez au milieu du visage. Elle s'était inventé, au fil du temps, mille raisons pour lesquelles elle n'aurait pas voulu donner la vie. Elle n'aurait pas à souffrir les terribles tortures de l'accouchement. Elle n'aurait pas à se poser la question de savoir si elle était une bonne mère ou non, l'empêchant de dormir la nuit. Elle n'aurait pas à se demander quel exemple elle donnait à cette extension d'elle-même. Elle n'aurait pas à s'inquiéter de voir dans son enfant ces traits qu'elle détestait chez elle. Qu'ils soient physiques ou plus intérieurs.

Elle n'aurait pas à infliger à quelqu'un ces affres de l'enfance. Cette sensation de transparence perpétuelle qu'elle avait si bien connue. Qui l'avait poussée à s'inventer sans cesse des histoires pour combler l'ennui. Pour s'enrichir à l'intérieur lorsque rien ne bougeait à l'extérieur. Lorsque personne ne la voyait. Et encore moins sa mère.

Sur le papier, toutes ces raisons semblaient bien concrètes, bien réelles. De vraies bonnes justifications de se réjouir de ne pas avoir donné naissance. Pourtant, parfois, durant ses insomnies, elle éprouvait ce manque au plus profond de ses entrailles. Elle n'y mettait pas de mots. Mais elle sentait un vide. De plus en plus béant.

Elle fuyait alors d'autant plus celles, car il n'y avait que les femmes pour aborder le sujet, qui se risquaient à lui poser la question ouvertement ou d'un simple regard de sollicitude affectée. Elle préférait rester seule la plupart du temps avec ses chansons.

Les seules opportunités de rencontrer du monde n'avaient jamais été liées qu'à Bernard. Et encore, son mari faisait toutes les conversations. Elle n'avait qu'à se tenir à ses côtés, un sourire poli sur les lèvres. Elle avait serré des mains d'hommes qui l'avaient à peine effleurée du regard, avait fait la bise à des femmes qui paraissaient la juger en un clin d'œil condescendant. Aux côtés de Bernard, elle n'était qu'une plante verte honteuse.

Même sa propre mère ne semblait la contempler qu'à travers le prisme de son époux. Elle ne s'était jamais vraiment intéressée à cette enfant qui ne lui ressemblait pas. Qui ne semblait douée d'aucune volonté propre.

Ce n'était qu'en tant que femme mariée qu'elle avait semblé susciter autre chose que de l'indifférence chez sa mère. Lorsqu'elle lui téléphonait, elle ne prenait des nouvelles que de Bernard, comme s'il était convenu d'avance, entre elles, que Jeanne n'avait absolument rien à raconter. Sa mère l'interrogeait sur le quotidien de Bernie, comme elle l'appelait avec tendresse.

« Ce bon vieux Bernie. »

« Comment va ce bon vieux Bernie ? »

« Tu as une sacrée chance d'être tombée sur un homme pareil, crois-moi ! »

« Tu embrasseras Bernie pour moi, surtout, hein ? N'oublie pas. »

Ce jour-là, Jeanne avait laissé une vie derrière elle. Ou l'absence de vie.

Elle avait roulé au hasard durant une dizaine de kilomètres puis avait finalement décidé de s'arrêter sur le bord de la route. Elle était en nage et frigorifiée en même temps. L'ampleur de ce qu'elle était en train de faire semblait lui monter au cerveau. Elle risquait de verser dans le fossé si elle continuait comme ça.

Elle avait tenté de souffler calmement, les mains posées sur le volant. Elle essayait de retrouver sa respiration. Des images d'un futur plus qu'incertain l'assaillaient de toutes parts. Elle se voyait traîner sa valise dans des rues inconnues. Elle se voyait, fourbue de fatigue, s'endormir sous un pont, un vinyle de Céline Dion serré contre sa poitrine. Elle imaginait des hommes la poursuivre dans la nuit noire et entendait ses propres cris auxquels personne ne répondrait.

Il fallait qu'elle se ressaisisse. Elle savait que, dès qu'elle faisait marcher son imagination, celle-ci pouvait s'emballer dans tous les sens. Au point de la pousser à rebrousser chemin. Comme après un simple moment d'égarement dans une vie qui déborde.

Bernard ne s'apercevrait de sa disparition que le soir venu. Elle n'avait pas pris le temps de laisser un mot, pas une explication. Il allait bien falloir qu'elle lui envoie un message pour qu'il n'appelle pas la police. Mais elle avait le temps. Bernard était au musée pour la journée. Il ne rentrerait que vers dix-huit heures au plus tôt, dix-neuf heures s'il décidait d'aller boire un canon avec un collègue.

Elle s'était alors résolue à pousser jusqu'à Castelnaudary. Autoproclamée la capitale du cassoulet. Image réconfortante pour la Jeanne paniquée. Une ville qui conjugue comme aucune autre dans l'univers les haricots, le confit de canard et la saucisse de Toulouse ne peut être qu'un endroit où poser ses valises en toute sécurité.

Jeanne avait garé sa voiture dans le centre de la petite ville. Elle se sentait déjà mieux, autant que possible pour une femme qui venait d'envoyer balader tout ce qui faisait sa vie.

Elle avait décidé de déjeuner dans un restaurant, dans une rue passante. Et de s'octroyer un cassoulet, justement. Au point où elle en était, ce n'était pas maintenant qu'elle allait faire attention à sa ligne, elle avait bien d'autres chats à fouetter.

En attendant sa commande, ses yeux étaient tombés sur un tas de magazines. Elle avait attrapé l'un d'entre eux. *Couleur Lauragais.* Les petites annonces la faisaient sourire et la distrayaient souvent dans ce genre de revues.

« Vends pots confitures vides. Prix à débattre. »

« M. TOURA Albert, célèbre génie compétent. Lutte contre le mauvais œil. Attire les sentiments d'amour. Sexe plus grand. Protection contre la dangerosité. Abrite du mauvais œil de la sorcière. Limite le sucre. Sexualité reposante. Examens. Bonne humeur. Lutte contre copain/copine parti. Garantie Satisfaction. »

« Homme discret et poli, cherche femme même profil pour vie à deux. »

Jusqu'à ce qu'elle tombe sur une annonce qui lui avait sauté aux yeux, au milieu de tous les autres petits caractères.

« Vieille dame un peu loufoque loue appartement meublé à dame de bonne compagnie. Loyer modéré contre menus services. »

Suivaient les coordonnées de la personne à contacter.

Pourquoi ne pas tenter?

Au point où elle en était…

SOUVENIR D'ENFANCE

JEANNE A DIX ANS.

Elle est devant le miroir. Céline Dion dans le mange-disque.

Elle tient un gros feutre noir à la main en guise de micro et chante en s'imaginant une salle comble.

Sa mère entre en coup de vent dans la pièce pour récupérer le linge sale. Elle ressort aussitôt. Sans un regard, sans un mot.

Jeanne vient de comprendre qu'elle peut se rendre invisible. Sa mère ne l'a pas vue. Elle possède un superpouvoir. Pour de vrai.

13.

Journée ensoleillée. Journée qui sent l'herbe fraîchement coupée. Une certaine odeur du bonheur. Lorsque rien n'est compliqué. Lorsque la langueur du mois de juin pénètre jusqu'à l'âme. Lorsque rien ne se passe et que tout peut arriver.

Ils sont tous les trois au beau milieu du jardin.

Raymonde, Lucas et Jeanne.

En maillot de bain.

Tous les quatre, avec Pétasse qui court de l'un à l'autre comme si c'était le plus beau jour de sa vie. Elle ne sait où donner de la truffe, comme ivre de joie. Jeanne reste fascinée par l'amour débordant qui semble animer la chienne. Il y a quelque chose d'enivrant à la voir s'ébattre en tous sens.

Ils sont alignés comme des sardines. Ils se sentent bien. Ils sont ensemble.

Pour une fois, Jeanne ne se sent pas encombrée de complexes inutiles. Raymonde, en bikini, se dore la pilule comme un lézard en extase. En toute simplicité. Sans fausse pudeur, mais sans désir de s'exhiber non plus. Il s'est créé une sorte d'intimité presque familiale entre eux.

Jeanne n'arrive même pas à se souvenir la dernière fois où elle s'est mise en maillot devant des inconnus. Jamais, en réalité. Même avec Bernard, elle avait toujours évité de se rendre à la plage ou à la piscine. Elle n'avait pas envie d'infliger à quiconque la vue de ce corps en désordre. Aux proportions qui vraisemblablement ne correspondaient pas à ce qu'on attend d'une femme.

Et là, elle ne s'était tout simplement pas posé la question. Enfin, si. La question du maillot avait fini par se poser puisque Jeanne n'en possédait tout bonnement pas. Lors de leurs premières expositions au soleil, elle était restée en jean et T-shirt à manches longues difforme. Mais personne n'avait rien dit. Malgré leur facilité à se moquer gentiment, Lucas et Raymonde avaient eu la délicatesse instinctive de ne pas commenter.

Alors, peu à peu, elle avait ôté des couches. Jusqu'à ce qu'elle se décide, lors d'une virée hebdomadaire à Super U, à se procurer un maillot de bain digne de ce nom. Elle ne l'avait pas essayé. Il ne fallait tout de même pas exagérer.

Elle avait couru au rayon en question. Avait attrapé deux modèles du maillot le plus basique qui soit. Noir. À sa taille. Et un autre modèle de la taille au-dessus pour ne pas avoir à revenir si elle devait changer. Elle avait décidé de passer à la caisse pendant que Raymonde arpentait les rayons avec Ginette.

Dans sa précipitation, elle s'était retrouvée en tête à tête avec Samir, l'hôte de caisse le plus taciturne du monde. Et c'était rouge de gêne qu'elle lui avait présenté, sur le tapis, le fruit de sa révolution intime.

Il n'avait rien dit, évidemment, jusqu'à ce qu'il lui remette le ticket de caisse.

— Bonne journée et… bonne baignade !

Jeanne avait bafouillé un « merci » inaudible et s'était enfuie, non sans renverser au passage la pile de brochures disposée en bout de caisse.

Elle était ensuite retournée dans le magasin comme si de rien n'était. L'opération avait duré cinq minutes, montre en main. Et cette sensation d'avoir fait une folie ! Comme un petit bonheur volé. Un acte gratuit. Une victoire sur elle-même.

Sur le parking, Jeanne avait repensé aux quelques mots de Samir et s'était demandé si elle avait rêvé.

Samir faisait partie de son paysage quotidien. Raymonde insistait à chaque fois pour payer à sa caisse. À chaque fois, elle ne cessait de babiller et Samir continuait, imperturbable, à scanner les articles, avec ce drôle de sourire aux lèvres qui semblait exclusivement destiné à la vieille dame.

Jeanne efface de ses pensées cet inconnu qui l'intimide. Là, de la crème solaire étalée partout comme un rôti imbibé de beurre, elle se sent juste bien. Au bon endroit, au bon moment. Avec les bonnes personnes. Et comme le maillot ne fait pas le moine, peu lui importent les bourrelets et la peau d'orange. Le naturel avec lequel Raymonde se balade à demi-nue la rassure et la pousse à ne pas trop s'interroger.

Raymonde passe son temps à déplacer son transat et recherche l'ombre. Elle a vu à la télévision qu'il fallait faire attention aux ravages du soleil. Même si, comme elle se plaît à le dire, ce n'est pas maintenant qu'elle va devoir surveiller ses rides. Elle leur a expliqué que les UV vieillissaient la peau prématurément. Comme toutes les bonnes choses de l'existence, la médaille avait son revers.

— J'ai passé plusieurs années de ma vie le cul à l'air, les jeunes. Et croyez-moi, à l'époque, on ne s'inquiétait pas beaucoup des méfaits du soleil ! J'ai la peau qui ressemble à un vieux pneu cramé à cause de mes bêtises.

Lucas s'esclaffe.

— Je n'arrive pas à t'imaginer complètement à poil, au milieu de gens comme toi. C'est quand même bizarre, comme délire… Vivre dans un camp de naturistes… Qu'est-ce qui a bien pu te passer par la tête ?

— Moque-toi, petit con. Mais tu sais que le naturisme est quelque chose de très français ! Ils en ont parlé l'autre soir à la télé et on reste le pays qui attire le plus de gens intéressés par ce modèle de vacances unique !

— Tu ne m'ôteras pas de l'idée qu'il y a quand même quelque chose d'un peu tordu là-dedans. Je ne vois pas du tout où est le plaisir. Faut être plutôt exhibitionniste sur les bords…

— Vous les jeunes, vous êtes devenus tellement sensibles. Des nunuches. C'était une autre époque. On avait envie de vivre comme on l'entendait. Sans embêter personne. Et c'était une vraie forme de liberté. Et voilà qu'aujourd'hui, vous voyez ça comme de la perversité. Alors que sur votre Internet de malheur, vous pouvez voir les choses les plus abominables et les plus choquantes en mangeant des cacahuètes… Faut pas venir me la faire, à moi… C'est vous, les tordus…

— Oui, mais au moins, ça reste dans l'intimité. On ne se montre pas sur une plage aux yeux de tous, mamie. C'est intime, le corps.

— Oh, tu m'agaces, Lucas. Un cul, c'est un cul, mille noms ! Faut arrêter ton cinéma ! Et puis ça ne fait de mal à personne. On ne t'oblige pas à faire pareil. Tu seras gentil de respecter la différence, mon grand, hein…

— Touché, mamie. Je capitule. Mais si tu peux me prévenir si tu décides de tomber le maillot… J'aimerais éviter de faire des cauchemars pour les trente années à venir.

— Mais qu'il est con, ce gosse, peste Raymonde en se replongeant dans sa lecture.

Jeanne n'arrive pas à s'enlever de la tête la vision de Raymonde, nue comme un ver, en train de faire du vélo, de cuisiner ou de simplement discuter avec son voisin. Il faut dire que l'image aurait plutôt tendance à l'effrayer. Comment pourrait-on se trimballer comme ça, sans vêtements, devant tout le monde…

Pourtant, il y a quelque chose dans cette idée qui lui fait admirer la vieille dame. Cette liberté, cette folie douce. Comme on doit être bien à ne vivre que pour soi.

Elle en est là de ses pensées lorsque Lucas brise le silence pour s'adresser à elle.

— Je trouve que c'est une bonne chose que tu te sois barrée du foyer conjugal…

Jeanne émerge de sa légère somnolence et se tourne vers son ami. Mi-amusée, mi-agacée.

— Il fallait bien, pour que je puisse te rencontrer.

Lucas enlève ses lunettes de soleil et regarde Jeanne dans les yeux.

— Non, sérieusement. Tu as bien fait de quitter Bernard. Tu ne peux pas continuer avec un mec pareil. Il… Comment dire… Ah ! Oui ! C'est un dandin !

— Un quoi ?

À sa droite, Raymonde pose son livre et éclate de rire.

— Encore une expression de Lucas ! Tu vas t'habituer, ma belle ! Il a créé tout un dialecte bien à lui ! Tu parleras couramment le Lucas d'ici quelques mois !

Jeanne se redresse complètement, intéressée par la suite de la conversation.

— Un dandin ? Et donc, tu peux m'expliquer ce que c'est pour toi, un dandin ?

Très sérieusement, Lucas s'assoit sur le transat, joint ses deux mains sur les genoux et commence sa conférence lexicale, pas peu fier de son expression. Jeanne lui avait montré, après une pluie de supplications, des photos prises sur son téléphone portable de sa vie d'avant. Elle avait même déniché quelques vidéos, enfouies à l'intérieur de l'appareil, d'événements familiaux où apparaissait son époux.

— Un dandin. C'est un type qui se dandine en fait. Tout le temps. Comment t'expliquer ? C'est à la fois dans la démarche et à la fois dans l'attitude. Bernard, ton ex, c'est un vrai dandin. Lorsqu'il se déplace, on dirait qu'il se dandine. Lorsqu'il parle, on dirait qu'il se dandine. Un dandin, pour moi, c'est un mec un peu sirupeux, qui dégouline de mollesse. Un type qui, même s'il ne bouge pas, semble tressauter en permanence.

— Et donc on peut aussi être une dandine ?

— Ah ça, non. C'est un attribut purement masculin. Cet adjectif ne peut s'appliquer qu'aux messieurs. Les femmes ne se dandinent pas. Jamais. Elles sont trop fortes pour ça.

Les propos de Lucas commencent légèrement à l'agacer car elle n'aime pas qu'on juge trop vite qui que ce soit, *a fortiori* l'homme à qui elle est restée mariée de nombreuses années.

— C'est flatteur pour la gent féminine, intervient Raymonde en riant. Et on peut dire que j'en ai connu des dandins, moi aussi ! Il n'y a que toi, ma pauvre Jeanne, pour en avoir épousé un.

Étonnamment, à ses mots, Jeanne éclate de rire elle aussi. Seule Raymonde peut être aussi franche sans qu'elle se sente blessée. Car il n'y a aucune trace de malveillance dans ses propos. Raymonde est lucide, mais jamais médisante. Elle efface d'un haussement d'épaules hilare les tabous intimes.

— Enfin, pour être honnête, je pense qu'on peut tout de même considérer que certaines femmes sont des dandines, lâche Jeanne avec malice.

Raymonde bondit de son transat avec une agilité déconcertante pour son âge :

— J'espère que tu ne parles pas de moi, petite insolente !

Et elle balance allégrement son verre d'eau à la tête de Jeanne.

Les deux complices se lancent alors dans une folle course-poursuite au milieu de la pelouse comme deux gamines effrontées.

— Arrête, arrête ! Tu dois le respect aux personnes âgées, hurle la vieille dame en s'enfermant dans la cabane de jardin.

— Pas si elles se dandinent !

Jeanne tambourine à la porte du cabanon en riant. Elle s'étonne de cette légèreté insensée qu'elle ne savait pas posséder. Elle n'en revient pas de se sentir autant à l'aise avec une femme qui doit avoir trois fois son âge.

Pétasse est elle aussi folle de joie. Toute cette agitation lui donne des ailes. Elle remue de la queue et bondit également dans tous les sens.

Une fois le calme un peu revenu, Raymonde sort de sa cabane.

— Continuez à vous dorer la pilule, les jeunes ! Je vais m'habiller et m'occuper du repas de ce soir. Ça donne faim, toutes ces bêtises !

Elle remonte vers ses appartements, telle une impératrice un peu démente, abandonnant les deux amis sur les transats.

Jeanne aurait presque envie de faire un petit somme, là, en plein soleil. La tête dans les bras, elle souffle :

— Raymonde est incroyable. Elle a une santé de fer... Je suis épuisée...

Lucas, qui n'a pas bougé de sa chaise longue durant la course-poursuite des deux femmes, jette un regard amusé vers Jeanne :

— Oh oui, elle nous enterrera tous ! J'en suis persuadé.

14.

UN JOUR, LE PÈRE DE LUCAS AVAIT APPRIS LA VÉRITÉ sur son fils. Une des vérités qui le constituait. Une infime part de lui-même. Pourtant si définitive.

À cette époque-là, Lucas vivait dans un petit appartement à Toulouse. Un studio bien agencé et baigné de soleil, en rez-de-chaussée, proche d'un cimetière. Lucas avait tout de suite aimé cet endroit car il lui permettait d'être au cœur de la ville tout en profitant d'un calme absolu. Il pouvait ainsi jouir du tumulte de la vie citadine et regagner la tranquillité de son domicile une fois la fête terminée.

Sa vie d'étudiant tout sauf modèle lui permettait de grandes promenades dans cet endroit empreint de poésie. Il arpentait les allées, comme habité par quelque chose qui le dépassait.

Ces longues rêveries solitaires le long des tombes n'avaient rien de triste. C'était pour lui un moyen de prendre du recul sur les choses. Il n'en avait jamais parlé à personne.

Il se souvenait de cette scène dans ce film qu'il avait vu plus d'une dizaine de fois où l'héroïne sanglotait sous la pluie, au pied d'une pierre tombale. Elle expliquait à l'homme qu'elle aimait que, si elle était morte, elle voudrait, elle aussi, qu'on vienne lui rendre visite. Il y avait un peu de ça dans les allées et venues de Lucas. Il imaginait toutes ces vies, tous ces espoirs, ces histoires d'amour qui étaient venues se terminer ici. Cette fin, qui nous guette tous, avait sur lui l'effet d'un baume.

Rien ne pouvait être réellement grave : l'idée de la mort déposait un voile sur les choses. À la fin, plus rien n'avait d'importance. La grande faucheuse remettait toutes les pendules à l'heure. Elle réparait les injustices de la vie. Lucas se disait qu'il fallait au moins essayer d'être heureux en attendant.

Les cimetières et les librairies étaient les deux lieux préférés de Lucas. Ils accueillaient tous deux des milliers de destins, ils mettaient tous deux à l'abri de l'humanité. Mais, à cette époque, Lucas ne faisait pas que gambader dans les cimetières.

Il découvrait la vie. Les garçons.

Il rêvait de croiser le prince charmant. Un homme posé. Instruit. Droit. Qui l'emporterait vers une vie à deux pleine de tartines au petit déjeuner et de fous rires incontrôlables.

Il ne savait ni où ni comment, mais il croyait dur comme fer qu'un jour, une rencontre viendrait bouleverser son petit train-train.

Pourtant, la réalité était bien plus compliquée. À la question du sentiment amoureux s'ajoutait le fait d'assumer au grand jour sa différence.

Entre l'envie de se taire. Pour ne pas avoir à être jugé. Ne pas avoir à expliquer sa propre évidence. Et ce besoin de crier à la face du monde ce que l'on est vraiment. Pour ne plus avoir à dissimuler.

Lucas n'avait pas l'âme d'un porte-drapeau ; il souhaitait simplement vivre sa vie. Mais il sentait bien que la clandestinité pouvait l'asphyxier. Il ressentait dans ses tripes qu'il ne pourrait pas mentir. Ce n'était pas sa façon de fonctionner.

Il aimait son père.

Il aimait cet homme taciturne, au physique plutôt impressionnant de bûcheron, complété par une barbe souvent hirsute, économe de mots et de sentiments, mais attentif dans la vie de son fils. Ce père, qui en un seul regard, pouvait le crucifier sur place. Sans avoir besoin de hausser la voix, sans même dire quoi que ce soit.

Lucas devait lui dire qui il était vraiment. Lui donner cet infime détail. Un détail, finalement, qui pouvait tout changer. Qui ne devait rien changer.

Un soir, il avait donc invité son père à dîner dans le restaurant où il travaillait. Il était serveur, et parfois filait un coup de main à la plonge, dans un petit bistrot typique de la ville où la viande était excellente et cuite à la perfection. Il savait qu'il ferait plaisir à son gourmand de père. Ce dernier avait un sacré coup de fourchette et Lucas avait envie, peut-être sans se l'avouer vraiment, de le mettre dans de bonnes conditions pour lui confesser sa vérité.

Le dîner s'était déroulé tranquillement.

Ils avaient discuté de tout et de rien. Ni l'un ni l'autre n'étaient véritablement à l'aise dans l'exercice. Ce n'était pas dans leurs habitudes de se retrouver ainsi, seuls.

Lucas cherchait toujours quelque chose à raconter pour ne pas laisser s'installer le silence. Il ne fallait pas que l'ambiance soit terne. Il espérait créer un moment de complicité père-fils, un moment dont il se souviendrait toute sa vie.

Et, en effet, il se rappellerait toute son existence des minutes qui allaient suivre.

— Papa, je préfère les garçons.

Son père d'abord n'avait pas dit un mot. Il avait continué de couper son morceau de steak comme si sa vie en dépendait. Il l'avait porté à sa bouche, sans un regard pour Lucas.

Il avait longuement mastiqué. Très longuement. Les yeux dans son assiette.

— Tu es donc pédé.

Sans aucune note d'humour ou de second degré. Et dans le regard une sorte de rage froide.

— Papa. Je...

— Tais-toi, maintenant.

Lucas était désarmé. Désespéré et terrorisé à la fois. Il avait l'impression que cet homme qui lui avait donné la vie aurait pu le tuer, là, sur place. Autour d'eux, les autres clients discutaient dans une ambiance festive de vendredi soir.

— Papa. Tu ne peux pas me dire ça. Si je te parle, c'est...

Son père l'avait fixé en haussant la voix.

— Je t'ai demandé de fermer ta putain de grande gueule, bordel !

Dans la petite salle du restaurant, toutes les conversations avaient cessé. Tous les yeux avaient semblé converger vers leur table.

Son père avait attrapé la serviette sur ses genoux. Il l'avait pliée, d'abord en deux, puis en quatre.

Lucas n'arrivait pas à détourner le regard de ces mains qui, à une époque pas si lointaine, le tenaient fermement pour qu'il ne tombe pas de son vélo. Ces mains posées sur son front pour vérifier qu'il n'avait pas de fièvre. Ces mains qui l'avaient pourtant toujours soutenu.

Les mains de son père.

Ce dernier avait reposé la serviette sur le bord de la table. S'était levé.

Menaçant.

Un serveur, ami de Lucas, avait tenté de s'approcher, sentant le vent tourner. Un regard orageux l'en avait immédiatement dissuadé. Puis ces yeux noirs s'étaient baissés vers Lucas :

— Heureusement que ta pauvre mère est morte.

Il avait attrapé sa veste en cuir.

— Je ne veux pas te revoir. Tant que tu ne te seras pas repris, je ne veux pas te voir. Soigne-toi, débrouille-toi mais ne reviens pas. Pas comme ça.

Il avait violemment claqué la porte du restaurant derrière lui.

Pendant des mois, des années, Lucas entendrait, dans les secrets de son cœur, cette porte claquant sur son enfance.

15.

BERNARD EST DISSIMULÉ DANS LES HAUTES HERBES, près du fossé. De là où il est posté, il a une vue dégagée sur le verger et sur la pelouse où batifolent Jeanne, la vieille et le beau gosse. Sacré trio, complètement désassorti. Et pourtant, ils passent la plupart du temps fourrés ensemble…

Bernard s'est installé un poste d'observation car ce n'est pas la première fois qu'il vient espionner Jeanne. C'est même devenu une habitude. Dès qu'il a une journée de libre, voire quelques heures, il fonce vers la vieille bâtisse où sa femme vit sa nouvelle existence, loin de lui. Loin de son foyer. Loin de là où elle devrait être.

Il passe beaucoup de temps à espionner. D'autant que la ferme ne se situe finalement qu'à cinquante minutes de leur domicile.

Il a trouvé ce coin qui offre une vue plongeante sur le domaine. Les arbres le dissimulent aux yeux de quiconque passerait sur la route, et la végétation mal entretenue qui sépare le verger du fossé lui permet de rester à l'abri du regard des habitants.

Avec les beaux jours, ils sont pratiquement tout le temps dehors, au grand air. À moitié à poil.

Bernard serre les poings. Il ne supporte pas de voir sa Jeanne à demi-nue avec des inconnus. Il ne comprend pas comment la vieille peut se trimballer de cette façon, sans aucune honte, malgré ce corps abîmé. Comment peut-on s'exhiber ainsi ? C'est quelque chose qui le dépasse totalement...

Après leur entrevue désastreuse dans le restaurant, Bernard n'a pas pu se résigner.

Lorsque Jeanne l'avait laissé au volant de sa voiture et avait regagné la sienne comme si elle fuyait les lieux d'un crime, il avait décidé de la suivre. En réalité, il ne s'agissait pas d'une décision consciente. La voir s'installer, mettre sa ceinture de sécurité, régler le rétroviseur et démarrer doucement, tout cela l'avait poussé à agir. Il ne pouvait pas la laisser partir comme ça. C'était sa femme. Il devait savoir où elle allait. Où elle vivait.

Ainsi, il l'avait suivie. Comme dans ces films qu'il aimait tant. Comme un détective privé.

À distance respectable, il l'avait d'abord escortée sur les petites routes de campagne pour finalement rejoindre la nationale où il avait manqué la perdre plusieurs fois. L'art de la filature se révélait moins aisé que prévu. Pourtant, il avait la sensation de faire quelque chose. Pour la première fois depuis des semaines, il n'était pas dans l'attente. Il agissait.

Jeanne, de son côté, devait être trop préoccupée pour se rendre compte de quoi que ce soit. Elle, d'habitude si prudente au volant, avait même grillé un feu en traversant un petit village.

C'était bien la preuve qu'elle tenait encore à lui. Bernard avait repris du poil de la bête, fort de cette constatation.

Elle avait finalement quitté la route principale pour suivre des chemins plus chaotiques et moins entretenus dans la campagne lauragaise. Ils n'allaient pas tarder à arriver à destination et il allait enfin voir où vivait Jeanne depuis tout ce temps.

Elle n'avait jamais voulu rien dire au téléphone. Il avait pourtant essayé de lui tirer les vers du nez, mais à chaque fois qu'il abordait le sujet, elle s'empressait de mettre fin à la conversation. Agacée. Comme s'il n'avait pas le droit de savoir. Il était son mari, tout de même. Elle ne pouvait pas éternellement jouer à cache-cache avec lui.

Qu'est-ce qui avait bien pu lui passer par la tête ? Comment du jour au lendemain avait-elle pu le laisser tomber ?

Ils avaient passé toute leur scolarité ensemble. Sans vraiment s'adresser la parole. Il la connaissait de nom. Elle était là, comme une partie de son décor quotidien. Toujours discrète. Souvent seule.

Ce n'était pas la fille populaire qu'on invitait aux premières boums. Elle ne recevait pas de petits mots dissimulés dans son cartable ou dans sa trousse. Elle n'avait même pas la chance d'être une élève particulièrement brillante. Elle semblait être sérieuse, assidue, travailleuse, mais ses notes ne volaient pas très haut.

Bernard, le collégien, était attentif à ce genre de choses ; car pour lui, l'école était un lieu de compétition savante. Dans la cour de récréation, il était tout aussi transparent que sa future épouse, mais une fois à l'intérieur de la salle de classe, il devenait le premier. Celui qui avait les meilleures notes. Dans toutes les matières.

Ainsi, il avait pris sa place dans les hiérarchies étranges des couloirs de collège. Il n'était pas populaire, mais il était utile à la communauté. Il avait vite compris qu'il pouvait tirer son épingle du jeu grâce à ses connaissances au-dessus de la moyenne. Il était devenu ce binoclard pas très marrant mais qui répondait toujours présent lorsqu'on n'avait pas fait ses devoirs en temps et en heure. Même si l'idée de voir les autres copier allégrement son dur labeur l'agaçait au plus haut point, cela avait été la solution pour s'acheter une tranquillité. Les garçons populaires, les filles coquettes et adulées de sa classe assuraient chaque année sa survie en milieu hostile.

Jeanne n'avait pas cette chance et ne servait donc à rien. Elle était tout bonnement transparente et, lorsque Bernard essaie de se souvenir de ces années-là, ne lui revient que l'image de cette fillette à la chevelure rousse indisciplinée semblant rêvasser à l'infini. Comme une définition de l'insignifiance.

Mais comme Jeanne était aussi la fille de la prof d'histoire, les autres lui fichaient la paix et restaient polis avec elle.

C'était justement cette professeure, Mme Marty, qui avait poussé Bernard vers sa passion pour l'histoire. Il avait eu la chance de l'avoir dans cette matière durant les quatre années de son collège. Mme Marty lui avait offert ses plus beaux éblouissements, ses meilleurs moments de gloire, lors d'exposés épiques où il avait crevé le plafond des notes. Les années de lycée lui avaient fait perdre Jeanne de vue. Sans même qu'il ne s'en rende compte. Qui se souvient d'une commode sans charme ou d'un portemanteau ?

Et puis, il n'était plus si brillant, et la concurrence de plus en plus rude. Il lui fallait travailler d'arrache-pied pour juste être au niveau. Il n'y avait bien que les cours d'histoire pour le placer dans le trio de tête.

C'était d'ailleurs une licence d'histoire qu'il avait choisie à la fac, mais là s'était arrêtée son ascension. Il vivait de petits boulots lorsqu'il avait recroisé Mme Marty par hasard. Cette dernière l'avait immédiatement reconnu, et même paru très heureuse de le retrouver, pour la plus grande joie de Bernard. Il avait raconté sa vie et elle lui avait parlé de cet emploi au musée de la Torture.

De fil en aiguille, il s'était retrouvé embauché et du même coup invité à dîner chez Mme Marty, où il avait recroisé sa fille. À côté de sa flamboyante mère, Jeanne ne pouvait que souffrir de la comparaison. Mme Marty paraissait si sûre d'elle. Elle était dotée d'une telle présence. Comme à l'époque du collège. Cette femme hypnotisait Bernard.

Deux ans plus tard, pourtant, il avait épousé Jeanne Marty.

Jeanne avait gardé de l'adolescence son caractère facile et sa discrétion. Il n'y avait guère que lorsqu'elle écoutait sa satanée musique qu'elle semblait s'animer quelque peu.

Il l'avait surprise, à de nombreuses reprises, gesticulant et chantant à tue-tête comme une gamine attardée. À chaque fois, il n'avait pas eu besoin d'exprimer son mécontentement. Son épouse paraissait tellement mortifiée, tellement honteuse, qu'il n'avait pas envie d'en rajouter une couche.

Si on lui avait dit à ce moment-là le coup qu'elle lui ferait, il ne l'aurait jamais cru.

SOUVENIR D'ENFANCE

BERNARD A DOUZE ANS.

La salle de classe est comme assoupie dans la torpeur du premier cours après la cantine. Mme Marty fait son cours à ses élèves en pleine digestion.

Le jeune garçon la dévore des yeux, béat d'admiration.

Il griffonne, sans s'en rendre compte, des dizaines de cœurs sur sa copie.

16.

RAYMONDE EST D'UNE HUMEUR EXÉCRABLE aujourd'hui.

Jeanne le détecte immédiatement à sa façon de donner des ordres. Le terme « aboyer » serait plus approprié.

Depuis ce matin, rien ne va. La maison en désordre. Le temps pourri pour début juillet. La télévision et ses programmes pour débiles légers. La chienne qui pue la mort. La poubelle qui déborde.

Jeanne se fait toute petite et se faufile d'un point à l'autre de l'appartement de Raymonde en espérant rester invisible. Si ses superpouvoirs doivent lui servir à quelque chose, c'est bien le moment.

Raymonde est vraiment effrayante lorsqu'elle est de mauvaise humeur. Après avoir tourné, viré, elle décide que la matinée se passera une nouvelle fois au grand air.

Le soleil est finalement au rendez-vous et elles mettent leurs chapeaux de paille, chaussent des bottes en caoutchouc et jouent à la parfaite jardinière. Enfin, Jeanne imite les gestes de la grand-mère, qui arrache avec vigueur les mauvaises herbes qui envahissent les pieds de rosiers.

Pétasse se tient à distance respectable. Comme si elle comprenait que ce n'était pas le moment pour elle de se faire remarquer.

Le massif rocailleux où la vieille dame a installé ses roses est époustouflant. Sauvage d'apparence mais savamment ordonné, les fleurs y déploient leur fantastique beauté sous le soleil de juillet qui les inonde de sa lumière.

Les roses trémières, plantées tout le long de la façade de la ferme, offrent un spectacle de couleurs dont seule la nature a le secret. Raymonde lui a expliqué que chaque année, le décor est différent. En effet, les semis, plus ou moins spontanés, permettent de voir apparaître des teintes qui n'étaient pas là les années précédentes. La surprise enchante Raymonde à chaque fois.

Chaque jour, plus ou moins patiemment, Raymonde initie Jeanne à sa terre. Elle lui présente ses habitants. Chaque arbre, chaque buisson, chaque pierre. Elles font le tour en long, en large et en travers de ce domaine, de ce jardin extraordinaire.

Au début, Jeanne écoutait d'une oreille plutôt scolaire les explications de la vieille dame. Mais, au fil des jours et des leçons, elle s'est découvert une véritable passion pour cet environnement luxuriant.

Cette façon d'aider mère Nature au quotidien la charme. Cette façon de faire pousser. D'embellir. Comme une artiste, Raymonde agence sa toile en un foisonnement de vie et de senteurs. Jeanne y voit une belle manière de remercier quelque chose qu'elle n'identifie pas bien. Raymonde la taperait si elle disait le ciel ou autres bondieuseries, mais il y a un peu de ça.

Si Jeanne fait de son mieux pour être une bonne élève question jardinage, elle n'a en revanche pas vraiment réussi à suivre les préceptes de la vieille dame niveau lecture.

— Ça viendra, un jour. Il arrivera, le livre qui changera tout. Ou pas. Mais je te souhaite tellement de te faire renverser par des mots, ma Jeannette… Rien n'est comparable. Rien, crois-moi ! Sauf peut-être de parvenir à cuisiner une daube parfaite !

Mais aujourd'hui, pas de conversation enjouée, juste un silence tendu. Elles sont courbées en deux dans le massif lorsque Raymonde finit par lâcher :

— Jeanne, tu pourras aller faire les courses toute seule, dorénavant. Tu n'as pas besoin de moi et tu iras plus vite. Je ne te suis pas bien utile, de toute façon...

Jeanne comprend immédiatement qu'elle tient là la cause de l'irritabilité de la vieille dame depuis le lever. Il s'est passé quelque chose.

— Mais est-ce que Ginette ne risque pas de...

— Ginette n'ira plus au supermarché le mardi matin, la coupe Raymonde sèchement.

Elle tente de se relever, et voyant qu'elle n'y arrive pas, commence à s'agacer. Jeanne lui prête alors main-forte et ce contact physique semble radoucir la vieille dame.

Elle sourit presque tendrement à Jeanne et la remercie de son assistance. Elles s'assoient ensuite sous l'immense tilleul, sur un banc en bois, et Jeanne entreprend d'aider sa patronne à ôter ses bottes en caoutchouc.

— Les enfants de Ginette ont décidé de la mettre en maison. Elle ne pouvait plus rester toute seule. Ils disent que c'était dangereux pour elle, maintenant, sa baraque. Comment un endroit où elle a passé plus d'un demi-siècle peut-il d'un seul coup devenir nocif? Il faudra qu'on m'explique.

Raymonde est en colère et, pour la première fois depuis que Jeanne vit ici, elle semble faire son âge. Une vraie vieille dame. Un peu chancelante, un peu essoufflée.

Fragile. Ce mot que jamais Jeanne ne pensait utiliser un jour en évoquant Raymonde.

— Ces conneaux ne savent pas que Ginou, elle ne peut pas vivre sans sa maison, continue Raymonde. C'est son repère, sa baraque. Elle est tellement fière de son escalier !

— Vous ne croyez pas que justement, cet escalier...

— Tu l'as vu, toi, cet escalier? Non. Tais-toi, alors. On ne doit pas parler si on ne sait pas. Et même si on sait, tiens, d'ailleurs. Souvent, les gens ont conscience qu'ils doivent se taire. Et pourtant, ils parlent... Ils parlent...

De choses qui les dépassent... Mais il faut qu'ils causent, qu'ils questionnent...

Jeanne ne comprend pas bien où veut en venir Raymonde, mais elle l'écoute en faisant semblant d'avoir du mal à ôter ses bottes, afin de ne pas briser l'élan qui l'anime.

— Parfois, il faut juste se la fermer, achève Raymonde. C'est pas compliqué, non ?

— On pourra aller lui rendre visite, si vous voulez. La maison de retraite ne doit pas être bien loin ; il suffit que vous vous renseigniez sur l'endroit et je chercherai sur Internet. Elle sera sûrement contente de vous voir.

Raymonde ne répond pas. Elle semble si fatiguée que Jeanne lui propose d'aller se reposer un petit moment.

— Non, Jeannette. J'ai le bourdon. C'est tout. Il faut appeler un chat un chat. Ça me déglingue totalement d'imaginer Ginou là-bas. Elle doit être complètement perdue. Heureusement qu'elle a son Bon Vieux. Lui, au moins, il peut l'accompagner partout. Elle ne sera pas vraiment seule, elle sera avec son mec... Et moi qui lui ai toujours promis qu'on se ferait une virée à Lourdes... C'est son rêve. Son Las Vegas...

Raymonde ricane, mais le cœur n'y est pas.

— Plus on vieillit et plus on disparaît. Je veux dire, nous ne sommes pas encore morts que tout le monde nous enterre déjà. On vit dans une société où prendre de l'âge implique de devenir inutile, obsolète, bon pour la casse. C'est pour ça que ça va mal. Une civilisation qui va de l'avant respecte ses vieux. Dans certains endroits du monde qui ne se sont pas encore laissé détruire par la vie moderne, les personnes âgées sont des sages, elles prennent part aux décisions importantes de la vie du groupe. Elles sont considérées comme les personnes qui détiennent la connaissance.

Raymonde a les yeux dans le vague.

Un silence. Il faut le respecter. Jeanne attend. Dans sa tête, elle imagine Ginette arriver dans la maison de retraite, son éternel sourire bienveillant sur les lèvres, une valise presque neuve à la main. Elle la voit s'asseoir dans une pièce inconnue et commencer à ranger ses bibelots. Doucement. Tranquillement. Sans gêner personne.

Ginette lui ressemble un peu. Dans cette façon de ne pas vouloir faire trop de bruit.

— J'ai bien envie que nous allions nous promener dans la forêt, derrière la ferme, déclare soudain Raymonde. Ça me fera du bien. Et je ne te l'ai jamais montrée. C'est un coin merveilleux. Et tellement reposant. Ça va nous faire du bien, oui, Jeannette !

Jeanne entend comme une supplique dans le ton faussement badin de Raymonde.

Le temps d'enfiler un blouson et les deux femmes, bras dessus, bras dessous s'enfoncent à l'ombre des arbres qui jouxtent la propriété.

Lorsque Lucas rentre à la ferme ce jour-là, il ne trouve personne. Il cherche un peu partout, mais aucune trace des deux inséparables. Pourtant, la voiture de Jeanne est bien garée dans la cour.

C'est en regardant par la fenêtre de la cuisine qu'il les aperçoit au loin, dans le petit bois accolé à la ferme. Leurs silhouettes apparaissent et disparaissent au gré de leur pérégrination entre les arbres.

Il sort prestement et met ses mains en porte-voix :

— Hé, ho, les filles ? Il faut rentrer maintenant, le grand méchant loup va finir par vous choper.

Il les voit sursauter comme deux gamines prises en faute, surprises d'être à portée de voix.

17.

LE TÉLÉPHONE AVAIT SONNÉ.

C'était un jeudi soir sur la Terre. Dans la ville de Toulouse, la ville de Lucas. Dans ce quartier plutôt calme, dans la résidence accolée au cimetière. Dans ce studio tout meublé suédois. Dans cette pièce à vivre qui donnait plein sud. Et posé là, sur ce guéridon récupéré chez Raymonde, dans le grenier, complètement désassorti avec le reste du mobilier, un téléphone.

Posé là, donc, ce téléphone. Et il avait sonné.

Lorsque la vie carillonne d'un coup. Lorsque quelque chose va arriver. Lorsqu'on ne le sait pas encore, mais qu'il s'agit du tocsin qui résonne.

Et malheureusement, Lucas avait répondu.

Valentin paraissait lointain, mal à l'aise. Sa gaieté habituelle semblait s'être envolée. Lucas avait tout de suite pressenti que son ciel de guimauves allait lui tomber sur la tête.

— Je ne sais pas comment te dire…

Lucas avait gardé le silence. Il connaissait déjà l'abandon à venir. Maman le lui avait confié en héritage. Papa le lui avait carrément balancé au visage. Il était bien placé pour savoir qu'on ne pouvait pas faire grand-chose avec l'absence. À part apprendre à vivre avec.

Alors, au téléphone, Lucas avait simulé la normalité et tenté de parler d'autre chose. De tout et surtout de rien pour éviter que les mots ne franchissent les lèvres de Valentin. Il savait que c'était ridicule, car ce qui allait être dit ne pouvait être empêché. Mais il avait essayé d'être brillamment hilarant, comme on tente un dernier coup de poker. Comme on retarde l'inévitable dans l'attente d'un miracle qui ne viendra jamais.

— Tu es une personne formidable, Lucas. Tu mérites le meilleur. Et pour l'instant, je ne suis pas capable de t'offrir ce que tu attends. Je sais que tu espères plus. Que tu es sincère. Je crois que nous ne sommes pas sur la même longueur d'onde, en fait. Ce n'est pas le bon moment. Ce n'est pas toi, tu sais. C'est moi. Je ne suis pas prêt.

Valentin s'était tu. Cet étranger en devenir n'était pas un méchant garçon, au fond, même si Lucas, en un clin d'œil, s'était mis à le détester de toutes ses forces. De l'aimer plus qu'il ne pourrait le dire.

— L'autre soir, je suis sorti, avait repris Valentin, lorsque tu passais le week-end chez ta grand-mère. Et j'ai rencontré un garçon. Il ne s'est rien passé. Mais j'ai eu envie d'aller plus loin. Je crois que je ne suis pas prêt à être en couple.

Valentin était décidément un mec bien. Il ne l'avait pas trahi malgré la tentation ! Lucas s'était demandé s'il devait organiser une cérémonie de remise de médaille.

— Je comprends, avait-il répliqué. Et puis, ce n'est pas comme si on était ensemble depuis des années. Trois mois. Ce n'est rien.

L'orgueil était venu s'immiscer et parlait au nom de Lucas. Mal placé, certes, mais c'était tout ce qui lui restait à ce moment-là.

— Je suis soulagé que tu le prennes bien, avait continué Valentin. Je n'ai pas envie de te faire de la peine. Tu es important pour moi. Et je sais, je suis même persuadé, qu'un jour ou l'autre, on se retrouvera, pour de bon. Nous ne sommes juste pas prêts. Toi, tu es léger, tu virevoltes. Et tu m'as donné envie d'être comme ça. Tu m'as donné la soif de vivre.

Lucas avait envie de lui expliquer que cette légèreté n'existait pas. Il aurait aimé lui dire qu'il n'était justement pas si léger. Qu'il cachait plus de gravité qu'on ne le croyait. Mais à quoi bon se dévoiler un peu plus...

Il aurait voulu lui expliquer que, en réalité, il n'avait jamais eu de relation avec un garçon. Qu'il ne connaissait pas les codes. Ce qui planait là entre eux était sûrement d'ordre sexuel.

Ils n'avaient pas encore véritablement couché ensemble, s'il faut expliciter les choses ainsi. Lucas était en train de s'envoler et Valentin lui avait coupé les ailes.

Mais ça, Valentin ne l'évoquait pas. On ne parlait pas de ces attentes-là à quelqu'un que l'on était en train de quitter. On s'inventait des jolies excuses pour ne pas toucher au cœur des choses. Pour ne pas blesser.

Au moins, Lucas avait gardé en lui ses douleurs personnelles. Il n'avait pas parlé de Maman. Il se serait senti encore plus trahi s'il avait réussi à se confier à ce point. Pourtant, ça ne l'apaisait pas vraiment. Ça ne le consolait pas. Qui le pourrait?

Il aimait ce garçon. Sans jamais avoir osé le lui dire.

Il pensait avoir les années à venir pour se raconter. Pour se laisser approcher. Il pensait qu'ils n'étaient qu'au tout début de quelque chose d'immense; il s'était trompé. Il était seul à y croire.

Lucas avait une vingtaine d'années et se sentait vieux. Terriblement usé d'un coup.

Ils avaient raccroché après s'être dit des banalités. Qu'ils seraient là l'un pour l'autre. Valentin devait être rudement soulagé par ce Lucas si raisonnable. Peut-être aussi un peu touché dans sa fierté de le voir si bien accepter la rupture. Piètre victoire.

Et quelque chose avait monté. Monté.

Le désespoir. Le vrai. Celui qui s'immisce par tous les pores de la peau. Celui qui pénètre l'âme et épuise le corps tout entier.

Lucas s'était regardé dans le miroir de sa minuscule salle de bains. Le reflet lui avait renvoyé le garçon au physique avantageux qu'il connaissait bien, qu'il avait appris à connaître. Pourtant, quelque chose avait changé, quelque chose s'en était allé.

À cet instant, c'étaient des images qui l'avaient assailli. Celles d'une mère qu'il n'avait pu qu'imaginer au fond de son cœur, celle d'un père qui claquait la porte dans un restaurant bondé, celle de sa course folle avec Valentin lors de cette première nuit dans les rues de Toulouse. Des images du rire de Raymonde.

Tout se mélangeait. La joie. La peine. Les bons, les mauvais moments…

L'addition de ces amours disparues, de cette angoisse de la perte. Cette frayeur d'être seul, qui se révèle à chaque fois réalité. Tout seul.

Il avait alors éclaté en sanglots. Le petit garçon en lui ne comprenait plus rien. C'était beaucoup trop pour lui, toute cette peine. Ça l'étouffait. Il n'avait plus de mots pour s'expliquer à lui-même la solitude qui l'envahissait tout entier.

Il avait tapé du poing contre le rebord du lavabo, et la faïence fragile du vieil évier s'était fendue de part et d'autre sous l'impact. Comme pour mieux rappeler à Lucas, dans les jours, les semaines à venir, ce moment funeste où son cœur s'était brisé une nouvelle fois.

La fois de trop.

SOUVENIR D'ENFANCE

LUCAS A ONZE ANS.

Cela fait un an qu'il joue au football.

Le sport ne l'intéresse pas, mais ça semble tellement faire plaisir à son père.

Lors du premier match. Il ne touche pas la balle une seule fois.

Son père a quitté les gradins avant la fin du match.

Lucas se sent nul.

Encore une fois.

18.

Ce soir, c'est la fête au village. Le 14 juillet. Lucas a décidé d'emmener les filles faire les folles. Enfin, c'est Jeanne qui les conduira, car à trois sur le scooter, ça risque d'être périlleux. Même si Raymonde est capable de tout…

Il avait envie de les sortir. Ces derniers temps, Raymonde, même si elle cache bien son jeu, est plutôt d'humeur tristounette. Il sait que le fait que Ginette se retrouve en maison de retraite lui a filé un choc.

Il imagine l'angoisse qui la tenaille sans doute. Ce doit être terrible.

Les filles se sont enfermées dans la salle de bains depuis une vingtaine de minutes et gloussent comme de jeunes débutantes. Calé sur le canapé du salon, Lucas écoute le bonheur rire à travers la porte de la salle de bains. Savourant l'instant. Il sait qu'il faut profiter de la joie lorsqu'elle est aussi simple, aussi évidente.

Les deux starlettes finissent par sortir des coulisses et Lucas se lève à leur rencontre. Il émet un sifflement d'admiration qui fait rosir de plaisir les deux femmes. Décidément, il n'y a pas d'âge pour être coquette.

— Vous n'avez pas lésiné sur les couches de peinture, les filles !

Lucas plaisante pour ne pas montrer cette émotion qui le submerge. Raymonde est belle comme un arc-en-ciel. Visiblement, la palette de maquillage lui a explosé entre les mains, mais peu importe. Elle retrouve un peu de sa joie de vivre, de sa folie, et rien que pour ça, Lucas a envie de crier d'allégresse.

Jeanne, elle, se cache un peu derrière la grand-mère. Elle n'ose pas se montrer.

Pourtant, elle est tellement belle aux yeux de Lucas. Elle porte une jolie robe bleue cintrée, au décolleté discret.

Raymonde prend la main de l'apprentie mannequin afin de la faire tourner sur elle-même.

— Cette robe est une de nos créations, figurez-vous, jeune homme. Jean-Paul Gaultier peut bien aller rhabiller Madonna et ses autres vieilles peaux ! Nous sommes la nouvelle voix de la mode internationale !

Ils profitent du fait qu'il soit encore tôt dans la soirée pour boire une petite coupe de champagne et trinquer ensemble.

— À notre belle équipe ! crie Lucas en levant son verre.

— À nous ! enchaîne Jeanne.

— À nos gueules de couillons ! termine Raymonde en gloussant.

Ils pétillent tous les trois ce soir autant que les bulles dans leur gobelet. Effervescents. Ce 14 juillet prend des allures d'événement international.

Lucas propose un second verre, mais Jeanne, toujours raisonnable, lui rappelle qu'elle doit réussir à les conduire à bon port. Elle préfère ne pas tenter le diable.

Quelques heures plus tard, les trois mousquetaires sont posés en bordure du terrain de foot municipal. Accoudés aux barrières blanches dans l'attente du spectacle promis.

Enfin, le ciel s'embrase !

D'abord, les feux de Bengale. Pareils à des geysers sortis d'un volcan en carton-pâte. Une cascade de lumière scintillante. Jeanne tape dans ses mains sans même s'en rendre compte. Comme si la petite fille qui habitait au fond d'elle venait de faire une courte apparition. Lucas jette un regard de connivence à Raymonde, qui, elle aussi, semble touchée par la réaction spontanée de la jeune femme. C'est émouvant d'entrapercevoir l'enfance de quelqu'un.

Le feu d'artifice éclate ensuite véritablement en des milliers d'étincelles colorées au-dessus de leurs têtes. Leurs visages levés sont fendus d'un sourire presque béat. Le sentiment de contempler un morceau d'éternité. Ils rient sous les étoiles. Ils se sont même pris par la main. Lucas, au centre, serre fort les doigts de ces deux femmes si essentielles aujourd'hui à sa vie.

Ils sont beaux tous les trois, les yeux levés vers un ciel pailleté de constellations provisoires.

Le firmament crépite comme leur cœur. Ils le sentent au creux de leur estomac. Tous ces reflets donnent à leur regard une lueur particulière.

Ça doit ressembler à ça, un moment inoubliable, se dit Jeanne. *Mélange de sensations, d'odeurs de pétard brûlé, de barbe à papa et du sentiment d'être bien entouré. De ne plus être invisible.*

Raymonde essuie discrètement une larme, simulant une gêne dans l'œil. Elle remercie ce ciel enchanteur d'avoir laissé les choses aller d'une aussi belle façon. Lucas, lui, profite de cet instant.

Tous les trois se tiennent toujours la main, sans rien dire.

— Oh, la belle bleue ! finit par s'exclamer Raymonde quand commence le bouquet final.

— C'est Jeanne la belle bleue, en fait ! Avec sa nouvelle robe !

— Moque-toi !

Lucas ne rit pas. Il prend Jeanne dans ses bras et la serre à lui écraser les côtes.

— Tu es splendide, ma Jeanne. Je suis heureux de te connaître, tu sais.

Il a les yeux brillants. Et encore cet air de petit garçon.

Jeanne garde le silence. Elle a l'impression que son cœur va éclater et sortir de sa poitrine. Raymonde n'en rate pas une miette. Elle n'ouvre pas la bouche le temps que dure leur étreinte. C'est lorsqu'ils se séparent qu'elle lance :

— Bon, les amoureux, j'en connais un qui va finir par virer sa cuti si vous continuez comme ça !

Jeanne et Lucas savent la maladresse de Raymonde face aux effusions. Ils se contentent de rire aux éclats. Puis tous les trois s'en retournent vers la voiture et se fondent dans la nuit, redevenue noire.

19.

Il y a quelques années, une petite éternité, Raymonde n'avait d'abord pas reconnu sa voix au téléphone.

Lorsqu'il avait sonné, elle était sur le point d'enfourner un poulet. Ginette devait manger chez elle ce soir-là. Elles avaient prévu de se faire un Scrabble. Même si Raymonde gagnait à chaque fois, Ginette ne renonçait pas et espérait une victoire contre sa meilleure amie, au moins une fois dans son existence. Il s'agissait de son petit Graal à elle.

Le téléphone avait sonné. Raymonde s'était redressée péniblement en râlant encore une fois sur le cuisiniste qui avait décidé de placer le four à hauteur du sol. Quelle idée ! Elle se retrouvait presque à quatre pattes pour pouvoir mettre quelque chose à l'intérieur. Il y avait mieux comme concept d'agencement…

Elle avait attrapé le combiné, encore distraite par son poulet.

— Allô ?

— Mamie. C'est Lucas.

S'il n'avait pas précisé, Raymonde ne l'aurait pas reconnu. Non. Elle avait l'impression d'entendre une coquille vide.

— Lucas ? Qu'est-ce qui se passe ?

Silence. Terreur. Vertige. Des images avaient défilé. Accident. Maladie. Violence.

— Mais Lucas, parle-moi, tu m'inquiètes, là, s'était immédiatement énervée Raymonde.

— Mamie. Ça ne va pas. Ça ne va plus… avait lâché Lucas dans un souffle.

Cette voix. C'était comme s'il était loin. Trop loin.

— Tu es où, là, Lucas ? Tu es chez toi ?

Elle n'avait pas besoin d'en savoir davantage. Il fallait partir le retrouver, tout de suite. Il y avait urgence et elle le sentait au plus profond de ses tripes. Comme un écho d'une autre époque.

Par la fenêtre, Raymonde distinguait les phares de la voiture de Ginette en train de se garer dans la cour. Elle la voyait sans la voir. Tout son être était concentré sur le souffle de Lucas, à l'autre bout du fil.

— Je suis chez moi.

Lucas avait ajouté dans un murmure :

— Viens me chercher. Viens me chercher, s'il te plaît.

Et dans ces mots-là, Raymonde avait entendu « Au secours ».

— Attends-moi, Lucas ! Je suis là dans une heure. S'il te plaît ! Ne bouge pas ! Je viens te chercher, mon tout-petit. Je viens ! J'arrive !

Ce « merci Mamie », dans un souffle plein de sanglots retenus, Raymonde l'entendrait longtemps encore dans ses nuits, pendant des mois.

Lorsqu'elle avait raccroché le combiné, Ginette était en train de toquer à la porte.

Raymonde avait enfilé une veste, cherché son sac et ouvert à son amie :

— Changement de programme, Ginou. Il faut que tu m'emmènes à Toulouse. Je dois récupérer Lucas. Il ne va pas bien.

Ginette avait obtempéré. Sans poser de question inutile car l'heure était grave. Elle l'avait tout de suite compris.

Raymonde s'était déjà engouffrée dans la petite voiture, côté passager. La mine grise, la mèche folle et le regard déterminé.

Il avait besoin d'elle. Il criait à l'aide. Elle allait le chercher.

Elles avaient fait la cinquantaine de kilomètres qui les séparaient de Toulouse dans un silence absolu. Ginette conduisait à vive allure, mais sans dépasser les limitations, car ce n'était pas le moment de se faire arrêter.

Raymonde était reconnaissante à sa vieille amie de mesurer la gravité du moment, sans en faire trop. Sans paniquer. Elles étaient toutes les deux dans l'action. À l'unisson. Ginette gardait la tête froide et Raymonde lui en était redevable. Encore.

Lorsqu'elles étaient arrivées dans la rue de l'immeuble de Lucas, Ginette s'était garée et avait jeté un regard interrogatif à sa compagne.

— Attends-moi là, Ginou.

Raymonde était sortie de la voiture. Avait respiré un grand coup et franchi la porte de l'édifice, non sans s'être battue quelques minutes avec le digicode.

Elle avait pénétré presque en courant dans le hall du bâtiment et frappé à la porte du logement de son petit-fils. Comme il ne répondait pas, elle avait poussé le battant qu'il avait laissé entrouvert.

Il régnait dans l'appartement un désordre sans nom. Comme si Lucas n'était pas sorti de chez lui depuis plusieurs jours.

La porte de la salle de bains, sur la gauche, était ouverte. Raymonde avait eu le temps d'apercevoir son propre visage dans le reflet du miroir. Pâle comme la mort.

Elle avait enregistré d'un simple coup d'œil le lavabo fendu. La baignoire remplie à ras bord. L'oreiller qui flottait. La bouteille de vin rouge renversée sur le tapis de la salle de bains.

Raymonde avait vacillé. Privée d'air. L'oxygène ne semblait plus arriver jusqu'à elle. Pourtant, elle devait rester forte. Elle devait savoir.

Elle était entrée dans la pièce principale du studio. Un véritable capharnaüm, mais elle ne s'était pas attardée.

Elle était tout de suite allée derrière le grand paravent, où se nichait le lit de Lucas.

Et elle l'avait trouvé.

Elle l'avait retrouvé.

Il s'était endormi. Le teint gris, les cheveux sales. Mais toujours aussi beau.

Vivant.

Raymonde allait passer une partie de la nuit au chevet de son petit-fils. Elle en profiterait pour ranger l'appartement. Pour s'occuper les mains. Pour faire taire ces voix dans sa tête.

Dans la voiture, en bas de l'immeuble, Ginette s'était assoupie après que sa vieille amie était venue lui expliquer en quelques mots la situation. Elle avait proposé à Raymonde d'attendre que Lucas soit prêt à partir.

Lorsque, à l'aube de cette nuit que tous n'oublieraient jamais, Lucas avait fini par ouvrir un œil, Raymonde était postée là, assise sur le rebord du lit.

Elle lui avait pris la main.

— Je suis là, mon tout-petit. Je suis là. Je suis venue te chercher.

20.

SUR L'AUTOROUTE DES DEUX MERS, qui relie l'Atlantique à la Méditerranée en passant par Toulouse, la Ford Escort de Jeanne file à toute allure. Fenêtres ouvertes. Laissant entendre une cacophonie insupportable à l'intérieur de la voiture.

Lucas, côté passager, a le pied qui dépasse de la vitre grande ouverte, appuyé sur le rétroviseur. Hilare !

Ils chantent à tue-tête. Ils y vont de bon cœur. Un duo discordant et catastrophique qui briserait les oreilles du mélomane le moins averti. Jeanne tape le rythme sur le volant alors que Lucas gesticule en tous sens. Ils enchaînent depuis une bonne heure les tubes qui ont fait leur vie. Jeanne est tellement heureuse de pouvoir se lâcher autrement que seule, un balai à la main. Jamais elle n'aurait cru pouvoir partager avec quelqu'un une telle insouciance. On devrait décerner des médailles aux chanteurs populaires. Ils font tellement de bien !

Chacun son tour, ils proposent un titre et Lucas s'empresse de le chercher et de le jouer à fond sur sa tablette. La voiture de Jeanne n'étant pas très moderne, il n'a pas la possibilité de brancher l'appareil dessus. Le son est minable, mais tellement couvert par leurs deux voix à l'unisson que ça n'a pas d'importance.

Ils filent, en riant, en chantant, vers la plage. Hier, Raymonde leur a donné cette brillante idée.

— Et pourquoi vous n'allez pas faire une virée à la mer, les gosses ? Il fait un temps splendide et vous pouvez faire un aller-retour dans la journée.

Enthousiasmés, ils s'étaient levés de bonne heure pour profiter de l'escapade à venir.

Lorsqu'ils arrivent à Gruissan, Lucas tient absolument à montrer à Jeanne les chalets. Ces petites maisons de bois, alignées à l'infini, immortalisées dans le film *37°2 Le Matin*, de Jean-Jacques Beineix. Jeanne ne connaît pas, mais Lucas s'embrase dès qu'il en parle. Il pourrait le lui raconter pendant des heures.

— C'est le plus beau film au monde. Le plus triste, aussi. Il y a tout là-dedans. C'est la plus magnifique histoire d'amour jamais filmée. Tu ne l'as jamais vu ? s'insurge-t-il.

— Ça ne me dit rien, non…

— C'est l'histoire de Zorg et Betty. Lui, c'est un type tranquille, simple, qui ne demande pas la lune. Au début du film, il habite dans un de ces chalets que tu vois là. Il vit de petits travaux chez les uns, chez les autres. Il va rencontrer Betty, une nana complètement barrée, excessive, paumée. Jean-Hugues Anglade et Béatrice Dalle. Le rôle de leur carrière. Ils étaient faits pour interpréter Betty et Zorg. Je te jure, c'est dingue comme ils habitent les rôles.

— Je ne l'aime pas du tout, cette actrice, je la trouve vulgaire.

— Justement, elle colle au personnage. Elle est Betty. Vulgaire et presque angélique à la fois. Enfantine et terriblement adulte. Elle est lyrique, Betty. Elle pleure dans les cimetières parce que si elle était morte, elle aimerait que quelqu'un vienne la voir. Elle ne supporte pas les demi-mesures. Elle s'affole devant le tiède. Elle en deviendra même folle, tiens, d'ailleurs.

— Tu m'as donné envie de le voir, ce film…

— Tu sais que j'ai aussi la boule à neige !

Lorsque Lucas évoque Betty, Jeanne a l'impression qu'il défend une amie, quelqu'un qu'il connaît vraiment. Tout son corps vibre au simple fait de se remémorer cette fille qui n'existe pas. Son regard est presque habité, il parle avec les mains. Jeanne trouve ça attendrissant, cette capacité qu'il a de s'émouvoir.

Après leur passage rapide sur la place aux chalets de bois, Lucas indique à son amie les chemins à prendre pour qu'ils arrivent finalement sur un coin de plage isolé, que personne n'a encore envahi.

Ils installent serviettes et parasols, sortent la glacière et profitent d'un petit verre de rosé au soleil.

— Tu es sûre que tu vas bien ? lui demande Lucas un peu plus tard.

C'est la troisième fois qu'il demande. Ils sont tous les deux assis au bord de l'eau. Lucas s'amuse à éclabousser son amie mais elle ne réagit pas. Perdue dans ses pensées.

— Oui, oui, ça va. Pourquoi tu ne fais que demander ? finit-elle par s'agacer.

— Parce que tu ne parles jamais de toi.

— Non, Lucas, ça va. Je t'assure. Je vais…

Le jeune homme se lève d'un bond, manquant de la faire basculer, et lui envoie une gerbe d'eau au visage.

— Putain, mais toi, tu vas toujours bien ! Tout va bien ! Toujours ! Tout le temps ! Pas un mot plus haut que l'autre. T'en as pas marre, d'être une gentille fille ?

Jeanne est là, par terre, une moitié de maillot qui lui rentre dans la fesse, et voilà que Lucas a décidé de la pousser à bout. Elle sent monter quelque chose qu'elle n'arrive pas à identifier.

Puis elle éclate.

— Oui, je suis une gentille fille. Je suis comme ça. Et alors ? Tu sais, on est beaucoup de gentilles filles, comme tu dis, sur cette planète. On ne fait pas de vagues. On ne se fait pas remarquer. On se laisse souvent humilier.

Comme dans les cours de sport à l'école, où à chaque fois, on était la dernière à être choisie. On intégrait la pauvre équipe qui allait devoir se coltiner la gourdasse. On est comme ça, nous, les gentilles filles !

Jeanne semble avoir décidé de ne plus s'arrêter. De ne plus respirer. Elle bondit sur ses pieds et manque de tomber à la renverse, mais se rétablit dans un sursaut magnifique de dignité :

— On est des gentilles filles, et on emmerde le monde, en fait ! C'est juste qu'on n'ose pas le montrer. Comme si on n'avait pas le droit. Comme si on devait s'excuser partout et tout le temps de n'être juste que des bonnes copines. On n'en peut plus, parfois, d'être juste sympa ! Nous aussi, on a envie de cracher à la gueule de tout ce qui nous débecte ! Nous aussi, on a envie de faire la moue devant ce monde dégueulasse où on se contrefout de ce que sont vraiment les gens. Nous aussi, on rêve d'être extraordinaire, de voir les hommes se retourner sur notre passage ! Nous, on aurait aimé, au moins une fois, se faire siffler dans la rue. Nous n'avons même pas de porc à balancer, nous. Il a suffi qu'un seul me considère et je l'ai épousé. La pas jolie. La godiche. La pas regardée. La mal baisée.

Jeanne halète. Respire fort. S'étouffe presque, mais elle ne peut plus s'arrêter. C'est maintenant que trente-cinq années de silence sortent, sans préméditation. Les vannes se sont ouvertes.

Lucas a les bras croisés sur la poitrine et un air quelque peu triomphant.

— Eh ben voilà comment je les aime, moi, les gentilles filles. Lorsqu'elles deviennent moins fréquentables ! Tu vois, tu ressembles à Betty, toi aussi, finalement. Vulgaire ou pas…

Jeanne est tout étonnée de sa sortie. Elle ne sait pas pourquoi, mais elle aurait aimé que Raymonde soit là, à ce moment-là. Elle a le sentiment qu'elle aurait été fière d'elle.

Le téléphone de Jeanne se met à sonner.

Bernard.

Ah non, il ne va pas venir lui gâcher une si belle journée. Pas maintenant. Elle refuse l'appel.

La sonnerie qui s'était interrompue reprend de plus belle.

D'un geste brusque, Jeanne décroche, sinon il va appeler toute la soirée.

— Allô ? Jeanne ?

— Bernard, je suis occupée, là. Je n'ai pas...

— Il faut que tu viennes. Il y a urgence. C'est la vieille...

SOUVENIR D'ENFANCE

LUCAS A HUIT ANS.

Raymonde, en ce moment, se passionne pour les ouvrages qui traitent de vies antérieures. Elle propose à son petit-fils de l'hypnotiser afin qu'elle puisse tenter un voyage dans ses existences passées.

Elle s'étend sur le lit et Lucas, assis à son chevet, lit les passages pour que Raymonde régresse vers ses vies d'avant.

Dans une sorte de transe, elle se souvient avoir été une prostituée.

Une prostituée russe. Et borgne.

Fou rire.

Même si Lucas ne sait pas vraiment ce qu'est une prostituée. Ni une vie antérieure.

21.

La baie vitrée du séjour était fendue. Rien de bien grave. Juste une fissure. Depuis plusieurs années. Sans que cela n'embête vraiment personne. Seule l'esthétique de la pièce en était gênée, finalement.

Pourtant ce jour-là, Raymonde avait pris rendez-vous avec M. Grison afin qu'il vienne changer cette fameuse baie vitrée.

Il était arrivé en milieu de matinée. Vers midi, Raymonde était venue le trouver.

— C'est l'heure de faire votre pause déjeuner. Mais si ça ne vous dérange pas, j'aimerais que vous la fassiez ailleurs. Profitez-en pour aller vous promener, je n'ai pas envie de vous avoir dans les pattes !

M. Grison, qui avait déjà effectué de menus travaux pour Raymonde et la connaissait bien, ne s'était pas offusqué. Il savait son tempérament un brin fantasque. Il avait donc décidé d'aller faire un tour à Intermarché, à une quinzaine de kilomètres de là.

C'est lorsqu'il était revenu, deux heures plus tard, qu'il avait trouvé un homme assis, tout bouleversé, aux côtés d'une Raymonde étendue sur une chaise longue, en sous-vêtements. Au soleil.

Elle était partie dans la chaleur complice d'un éclat d'été.

En soutif culotte.

Libre.

Comme elle avait vécu.

PARTIE 3
AUTOMNE

« Les gens absents
C'est bien ça l'ennuyeux
Ils tournent tout le temps
Là devant nos yeux
On croyait défaire
L'étreinte d'un coup sec
Et puis finalement
On se réveille avec »

Francis Cabrel, « Les gens absents »

22.

IL A FALLU LUI DIRE AU REVOIR.

Lucas entre dans la chambre de Raymonde. Avec cette impression d'irréalité. Ses pas sont hésitants, malhabiles.

La chambre de sa grand-mère est la même. Pourtant, ce n'est plus la sienne. Il y a de la tristesse qui suinte à travers les murs. Et encore tellement de rires qui résonnent…

Les objets, posés là, racontent une histoire. Beaucoup de photos de lui. À tous les âges. Il est son seul petit-enfant. Il l'était.

Raymonde est là, étendue sur son lit.

Il aimerait pouvoir dire qu'il la trouve belle, qu'elle paraît sereine. Il voudrait être capable de l'embrasser sur le front en guise d'adieu et sortir de la pièce sans se retourner. En vérité, son premier réflexe serait de lui crier dessus, de lui dire d'arrêter son cinéma.

Lucas est en colère. Lucas est seul au monde. Lucas lui en veut terriblement. Et il a honte de ressentir cela.

Déjà, Lucas ne la reconnaît plus. Qui est cette vieille dame qui dort là, figée dans son lit? Ce n'est pas elle. Quelle mauvaise actrice s'est étendue là, dans cette mauvaise imitation de la mort, pour lui jouer un vraiment drôle de tour ?

Tu devrais ouvrir les yeux et éclater de ton rire tonitruant, contagieux, franc et un peu éraillé d'avoir trop fumé. Envoyer valdinguer ce drap, cette courtepointe trop bien pliée. Tu devrais mettre le bordel, Raymonde, merde.

Mais non, elle reste là. Pas un mouvement, pas un souffle.

Seule cette pièce qui paraît immense. Qui prend des allures de tombeau. Ces gens qui entreront ici, qui la regarderont, qui peut-être la toucheront, le dégoûtent d'avance.

Il a envie de s'enfuir. De ne pas vivre cette journée.

Non, en vérité, il veut rester dans cette chambre pour toujours. Rester là, sans parler, juste être encore, encore et encore avec elle. Parce qu'il sait que, bientôt, il faudra trouver d'autres subterfuges pour faire comme si elle était toujours là.

Assis au bord du lit, au bord d'un gouffre. Une chute interminable vers un avenir incertain.

Il est loin, il est là en même temps. Il est tourné vers cette enfance qui le quitte à pas feutrés. Il sent déjà le poids de ces années à venir où elle ne sera plus à ses côtés.

Il est à tellement d'endroits à la fois que ça lui donne le vertige. Il est là-bas, il y a des années, en train de rire à gorge déployée dans ce même lit, serré contre le corps chaud de sa grand-mère. Il est ici, à côté d'elle, la porte entrouverte sur ceux qui attendent leur tour pour la regarder être morte.

Dans cette chambre, il sent une épine dans sa gorge. Quelque chose qui ne passe pas. Il a envie de cracher à la face du monde qu'on ne peut pas faire comme si la Terre tournait encore. Il trouve dégueulasse de faire comme si c'était ça, la vie. De faire comme s'il fallait se résigner. Être raisonnable et pleurer en silence.

Parce que ça ne tournera plus rond. Parce que ça ne passera pas. Parce que ça mettra les larmes aux yeux un peu n'importe quand. Ça, il le sait déjà. Il ne connaît que trop bien le vacarme de l'absence, le concert assourdissant de ceux qui sont partis… La mélopée lancinante de ce pas que l'on attend, couché dans son lit, que l'on guette dans le couloir et qui ne vient pas. Seule l'obscurité pour compagne, et ses angoisses en bandoulière. Attendre que l'aube se lève sur un autre jour. Pour le traverser, et recommencer la nuit.

Il reste longtemps dans cette chambre vide. Vidée de sa grand-mère.

Au bout d'un moment, il se met à lui parler. À haute voix. D'abord un murmure, puis d'une voix égale. Comme il lui a toujours parlé. D'une voix où se conjuguent amour et insolence. Rire et respect.

— La mort ne te va pas au teint, mamie.

Voilà qu'il rit, maintenant. Il la revoit, fardée comme une voiture de tuning lors de la fameuse soirée du 14 juillet. C'était il y a quelques jours. Et c'est déjà un souvenir à chérir. Alors, il se marre. Peut-être est-il en train de devenir fou ?

La situation a quelque chose de complètement incongru. Ça ne ressemble tellement pas à Raymonde, tout ça.

Raymonde, oui. Couchée là. Si silencieuse que non, vraiment, ça ne peut pas être elle. Elle a dû se faire la malle à la seconde où son cœur a cessé de battre. Ne reste qu'une enveloppe terrestre qui ne lui ressemble plus. Une gisante.

Une morte.

Et pour lui, Raymonde demeurera tout sauf ça. Raymonde, c'était la vie. C'est la vie.

Les flonflons de la foire que l'on entend au loin. Le carillon du manège de la fête foraine. La musique qu'on écoute les jours de célébration, dans les bals populaires. Ce feu d'artifice du 14 juillet.

Résonne alors dans sa tête ce qu'elle lui chantait enfant et qui les entraînait tous deux dans un fou rire qui semblait ne jamais pouvoir s'arrêter.

Travajda la moukère
Travajda bono
Trempe ton cul dans la soupière
Tu verras si c'est chaud

Il ne sait pas pourquoi cette chanson lui revient, mais là, dans cette chambre, elle sonne comme un digne au revoir, à la hauteur de sa Raymonde.

Lorsqu'elle claironnait cette ritournelle dont elle ne connaissait que ce passage, il voyait en elle toute la splendeur de celle qui ne fait rien comme personne. Celle qui a désobéi à la vie. Ces mots, égosillés comme une prière absurde, remontaient en lui, là, maintenant, et il se rappelait l'enfant qu'il était, bouche bée devant tant d'insolence.

Alors il chantonne. Doucement. Comme une mélopée.

Il chante en boucle ces quelques phrases.

Il chante et en même temps il pleure.

Pourtant il n'est pas malheureux, car il est avec elle. Quelque part. Dans un endroit qui ici n'existe pas et qui n'appartient qu'à eux.

Il chante. Il pleure.

Il est toujours vivant.

Ce n'est pas lui qui chante, assis dans cette chambre. C'est un petit garçon, blond comme les blés et triste comme les pierres, qui attend que sa mamie veuille bien revenir.

Qui attend sa maman. Son papa. Qui attend quelqu'un.

23.

ILS SONT TOUS LES TROIS SUR LA TERRASSE. Devant la ferme. Sous le tilleul.

Jeanne est recroquevillée sur sa chaise. Elle a mis un long gilet de laine qui lui recouvre les genoux. Elle n'est pas coiffée, mais elle semble ne pas s'en inquiéter. Son air d'éternelle petite souris.

Raymonde est en chemise de bûcheron d'un jaune presque fluo et en tennis, à l'aise Blaise. Elle a les pieds sur la table et raconte une anecdote extraordinaire. Un moment de sa vie. Inventé peut-être, exagéré sûrement…

Et Lucas, si heureux en présence de ces femmes, auprès de ses femmes. Il savoure la minute. La douceur de l'instant.

C'était il y a quelques jours. Là où Raymonde existe encore.

Aujourd'hui, il est en pyjama. Il est resté sous la couette durant quarante-huit heures après les obsèques de sa grand-mère. Il ne s'est pas lavé. Il n'a pas mangé.

Raymonde, en partant, a eu raison de son hyperactivité.

Vu comme ça, vu de l'extérieur, on pourrait dire qu'il ne semble pas faire grand-chose. On pourrait même croire qu'il ne va pas très bien. Pourtant, il est en train de fournir l'effort le plus intense de toute sa vie.

Il se bat contre la peine. Il lutte contre l'absence. Il se débat contre l'inacceptable. Contre cette douleur terrible. Celle du « plus jamais ».

Plus jamais leurs mains qui se touchent. Plus jamais ce rire qu'on entend de très loin. Plus jamais se dire qu'on s'aime pour de vrai. Plus jamais quelqu'un pour le chérir autant. Plus jamais l'enfance. Plus jamais le même goût face aux petites victoires du quotidien lorsqu'on ne saura pas à qui les raconter. Plus jamais le regard rassurant et qui comprend tout, qui accepte. Plus jamais les bons mots qui font rire. Plus jamais les reparties cinglantes qui agacent. Plus jamais ce cassoulet unique et formidable dont Raymonde a emporté le secret dans la tombe.

Lucas s'étonne lui-même de ses réactions. Il n'est pas né de la dernière pluie. Il n'est pas naïf au point de gober que Raymonde allait vivre éternellement.

Il croyait simplement qu'ils auraient le temps. Qu'elle n'était pas encore si âgée que ça puisqu'elle gambadait dans son jardin, passait des heures dans sa cuisine et se souvenait de tout.

Il s'est laissé dévaster.

Il s'est autorisé toute la peine possible. Car il connaît les ravages de ce qu'on ne laisse pas déborder de soi. Il ne veut plus manger de ce pain-là. Il savait qu'il devait laisser sortir ce qui pourrait le détruire de l'intérieur. Même s'il avait bien conscience qu'elle n'aimerait certainement pas le voir comme ça.

Dans la petite église, il a pleuré.

Dans le cimetière, il a pleuré.

Devant tout le monde, il a pleuré.

Peu importait, il ne voyait personne. Il a juste senti la main, l'épaule de Jeanne, si discrète et, avec le recul, tellement indispensable.

Tout seul, il a pleuré. Et Jeanne, là encore, a veillé à ce que personne ne le dérange. Gardienne silencieuse de sa douleur. Amie précieuse dans la tourmente.

Il a pu pleurer Raymonde. Sa mamie de la ferme à lui. À s'en faire fondre les yeux. Il a pleuré sur les questions qu'il n'avait jamais osé poser et qui resteraient sans réponse.

Les mystères. C'est maintenant que plus rien ne sera prononcé entre eux qu'il se rend compte que Raymonde est partie en emportant avec elle tout ce dont elle était la gardienne. Elle ne pourra plus rien lui raconter, et il s'en veut de ne pas l'avoir assez interrogée. On croit toujours avoir le temps.

Il sait qu'il va marcher courbé pendant longtemps. Il sait qu'il va falloir être fort. Encore plus. Toujours plus. Pour elle, et pour tout ce qu'elle lui a offert. Il sait aussi qu'elle sera toujours là, dans un coin de ses tripes, à lui donner son avis sur tout. Comme elle l'a toujours fait.

L'église où Raymonde avait prévu de tirer le rideau avait quelque chose d'incongru. Perchée au milieu de rien, dans les collines lauragaises. Lucas s'était demandé si qui que ce soit avait le courage de monter cette côte pour se rendre à la messe le dimanche. Jeanne lui avait fait remarquer qu'il ne devait plus y avoir de cérémonies religieuses hebdomadaires tant les lieux étaient désertiques.

À l'intérieur de ce lieu saint, Lucas n'avait rien écouté. À peine avait-il pu apercevoir certains visages effondrés, d'autres peinés. Cela l'avait marqué car il prenait conscience que sa grand-mère était pleurée par de nombreux inconnus.

Plus tard, à l'abri de sa chambre, il s'était demandé à quel point Raymonde avait pu compter pour chacun d'entre eux. Ce qu'elle avait représenté pour eux. Il s'était étonné de voir à quel point une seule et même personne se révèle multiple, à travers le regard des gens qui ont croisé sa route.

Ginette n'était pas venue. Jeanne avait tenté de la contacter en vain. À peine avait-elle pu avoir la fille aînée de la vieille dame qui lui avait dit qu'elle ne voulait pas que sa mère apprenne le décès de sa plus ancienne amie. Elle était déjà bien mal en point et n'avait pas besoin de ça. Elle avait rapidement coupé court à la conversation en demandant à Jeanne de présenter ses condoléances au petit-fils de Raymonde.

Ils avaient ensuite quitté l'église, timide procession en direction du cimetière, qui se situait encore plus haut, sur une colline. Faisant face, à cinq cents mètres à vol d'oiseau, à la ferme où la vieille dame avait vécu les dernières années de sa vie.

Ils étaient quelques-uns à suivre le cercueil, par petits groupes, modestes grappes de peine.

Ce cercueil. L'angoisse de la voir enfermée dans une boîte. Puis portée en terre. Ce sentiment de ne plus pouvoir respirer, à l'imaginer entre ces planches.

Lorsque tout le monde s'était réuni dans le cimetière, un vent incroyable s'était mis à souffler.

Ce fameux vent d'autan, « le vent des fous », légendaire dans la région, qui pouvait s'arrêter aussi subitement qu'il était venu, et qui avait rendu inaudible le discours du pauvre curé de campagne, faisant voltiger sa robe, tel une Marilyn sur sa bouche d'aération… Une tornade qui avait sorti l'assemblée de sa torpeur morbide et avait permis de voir fleurir sur les lèvres des sourires de circonstance. De connivence.

Un vent à décorner les cocus. C'est ce que Raymonde aurait lancé en se poilant comme une tordue.

Et c'était ce qu'elle avait fait, d'ailleurs. Dans la tête de Lucas. Elle riait à califourchon sur son nuage, le Bon Vieux à ses côtés, offrant cette dernière petite blague à ceux qui venaient lui dire au revoir.

Et de là, il avait compris quelque chose. Oui, elle allait terriblement lui manquer. Oui, il allait en chier des ronds de chapeau. Mais non, définitivement non. Raymonde n'était pas morte.

Elle avait accordé tant de souvenirs, tant de belles choses à Lucas que tout ça n'allait pas s'arrêter d'un coup. C'était juste impossible. Ils allaient continuer leur tendre duo. Même si la principale intéressée venait de casser sa pipe à force de fumer des clopes en cachette. Ce n'était qu'un contretemps dans leur relation. Et là, dans ce cimetière triste à en mourir de rire, elle lui faisait un petit clin d'œil afin d'attirer son attention sur l'absurdité de la vie. Pour lui dire qu'elle n'était pas vraiment partie… Que tous les départs ne mènent qu'à se retrouver, un jour ou l'autre, quelque part. Et il avait envie d'y croire, au moment de cet adieu qui n'en était plus un.

Dès lors, elle lui avait facilité la cérémonie. Lucas avait eu l'impression que tout ce tralala n'avait plus aucun rapport avec sa grand-mère. Les couronnes funéraires. Les fleurs. Les formules toutes faites. La tombe. Le trou. Ce n'était pas pour elle, tout ça. C'était une sorte de cirque pour soulager les vivants et leur permettre de reprendre la route après avoir senti la fragilité de l'existence. Une façon de se réunir, pour ensuite réintégrer sa chaumière, le cœur un petit peu lourd, mais avec la conscience d'avoir la chance d'être encore là.

Il avait regagné son petit appartement et s'était finalement effondré. Avec, malgré tout, en tête, le fait que ça finirait par aller mieux. Comme une bouée à laquelle se raccrocher.

Et là, après avoir pleuré toutes les larmes que pouvaient contenir ses canaux lacrymaux, il sent que le temps est venu de revenir parmi les vivants.

Il faut qu'il se lève.

Lorsqu'il n'avait pas le moral, elle avait coutume de lui dire, toujours en se marrant : *« Lève-toi et cours ! »* « Lève-toi et marche » ne suffisait pas. Il fallait courir à perdre haleine et aller mieux. De l'avant. Quitte à trébucher.

Il va se lever. Il va s'élever, oui.

Et courir.

Au moins déjà jusqu'à la boîte à lettres.

Il est temps de revenir à la vie.

SOUVENIR D'ENFANCE

LUCAS A DIX ANS.

Sur la route de vacances improvisées, le petit garçon raconte à sa grand-mère comment il est en train d'écrire son premier roman policier. Il souhaite que son personnage principal soit enfermé dans un coffre de voiture, mais ne sait pas comment décrire la situation.

Raymonde lui propose alors de tenter l'aventure et l'emprisonne dans la malle du véhicule.

Après dix minutes, Lucas ressort en nage, effrayé, mais heureux.

Ce sont les gens sur l'aire d'autoroute qui n'en reviennent pas, et hésitent à appeler la police…

24.

La nuit commence lentement à tomber lorsque Jeanne gratte à la porte de l'appartement de Lucas.

Le jeune homme ne répond pas. Parce qu'il n'a pas entendu ? Parce qu'il ne veut voir personne ?

Jeanne hésite à battre en retraite et à regagner ses pénates. Mais il faut absolument qu'elle s'assure que son ami va bien. Pour la première fois de sa vie, elle sait qu'elle peut être utile. Qu'elle peut le soulager, au moins un peu.

Durant les obsèques de Raymonde, elle a fait de son mieux pour être là. Pour les choses matérielles, pour soulager Lucas.

Jeanne n'a connu Raymonde que quelques mois et pourtant, la vieille dame faisait réellement partie des personnes qu'elle aimait le plus au monde. L'existence est drôlement faite, quand même. On peut passer des années à côtoyer des gens qui effleurent à peine ce que nous sommes. Et un matin, on croise quelqu'un qui percute nos ambitions intimes. Fracasse nos millions de carapaces, en un éclat de rire.

Elle a observé, en retrait, tous ces gens qui étaient venus la saluer une dernière fois.

Au milieu de cette foule anonyme, elle a été surprise de voir un visage familier.

Samir. Malgré sa discrétion, on ne voyait que lui, dépassant de deux bonnes têtes les personnes présentes. Et bizarrement, le simple fait de croiser son regard lui a donné des forces. Il est ensuite venu la saluer avant de quitter les lieux.

Jeanne est désormais entièrement dévouée à Lucas et à sa peine. De l'étage où elle vit, elle s'est faite gardienne du domaine.

Elle a vu, ce matin, le jeune homme se rendre à la boîte à lettres en bas de la ferme. Son cœur s'est mis à battre la chamade.

Elle se découvre un courage nouveau. L'envie, pour une fois, de ne pas rester recroquevillée derrière la porte, le besoin de franchir ce pas. Et d'oser aller vers l'autre.

La porte étant entrebâillée, elle la pousse en un geste de défi. Le rouge aux joues, on ne se refait pas. Mais qu'importe... Elle entre. À pas de fourmi, comme aurait dit Raymonde. Elle l'entend dans sa tête, d'ailleurs. « Pas besoin de rentrer à pas de fourmi, ma Jeannette, tu es aussi discrète qu'un régiment d'éléphants en skate-board ! »

Lucas est assis à la table de la cuisine. Il porte un pantalon de jogging rouge criard et un T-shirt Batman. Il ressemble à un petit garçon. Il ressemble toujours à un petit garçon, en réalité. C'est ce qui fait son charme légendaire. Cette enfance qui semble ne jamais l'avoir quitté.

Il est penché au-dessus de quelque chose que Jeanne ne peut pas distinguer de là où elle est. Elle ne sait pas comment lui faire remarquer sa présence sans le gêner. Peut-être est-il en train de pleurer. Elle lâche finalement :

— Lucas ? Je passais voir si tu avais besoin de quelque chose.

— Entre, Jeanne, entre... lance-t-il en tournant la tête.

— Tu fais quoi ?

— Pas grand-chose.

— Tu as mangé ? Tu veux que je te cuisine un truc ?

— Non, Jeanne, tu es gentille. Raymonde a laissé un carnet.

Jeanne se raidit un peu. Entendre le prénom de Raymonde, ça lui fait quelque chose. Et ce carnet... Dans les mains de Lucas...

— Assieds-toi donc. Ne reste pas plantée là. On dirait que t'es amoureuse de moi, à me mater comme ça ! Tu sais que je ne suis pas ton genre, ma belle... On ne joue pas dans la même cour...

Lucas plaisante comme par habitude, mais le cœur ne paraît pas y être. Jeanne se sent pourtant soulagée. Elle aime entendre un peu de ce rire-là, même factice.

— En tout cas, tu es vraiment très chic ce soir, finit-elle par dire en s'asseyant sur le canapé.

Son ami ne l'écoute déjà plus. Il s'est replongé dans la contemplation du carnet. Sans l'ouvrir.

Elle ne veut pas le gêner, mais elle souhaite être là pour lui, et elle-même a besoin de sa présence.

Se taire. Après tout, cela ne la dérange pas. Ce silence, c'est aussi leur réconfort. La preuve qu'une amitié est bel et bien née entre eux. Il n'y a qu'avec les êtres chers que l'on peut se taire vraiment, et partager, pourtant, quelque chose de fort.

Au bout de plusieurs minutes, Lucas se lève de sa chaise et vient s'asseoir sur le canapé auprès de Jeanne. Il lui tend le carnet.

— Raymonde a laissé ça. Je n'ose pas l'ouvrir. Je ne me sens pas prêt.

Jeanne le prend délicatement. La couverture en cuir est un peu abîmée. Dessus, Raymonde a collé une étiquette d'écolier sur laquelle elle a inscrit « Lulu », d'une écriture appliquée.

Les larmes de Jeanne montent instantanément.

— Tu le liras quand tu en seras capable, Lucas. Il n'y a pas d'urgence.

— Je l'ai récupéré ce matin dans la boîte à lettres. Il n'y a pas de timbre. Elle a dû le déposer elle-même. Cela veut dire qu'elle...

— Qu'elle savait. Oui. Elle savait qu'elle allait bientôt partir. Elle voulait sûrement te laisser quelque chose. Te dire des choses.

Lucas fixe un point devant lui. Jeanne se lève doucement et s'agenouille face à la petite cheminée ancienne. Elle est dos à Lucas et semble absorbée par la contemplation de l'âtre dans lequel ne brûle pourtant aucun feu. En réalité, tout son être est tendu vers le jeune homme. Elle l'écoute. Elle ne veut pas qu'il devine son trouble.

— Tu sais, parfois, j'ai l'impression d'avoir le cœur comme un cimetière, déclare enfin Lucas.

Ses mots dans le silence prennent des allures de prêche.

— Il se remplit des gens que l'on a aimés et qui, chacun leur tour, partent. Les hommes que l'on aime, qui nous laissent. Dont on se lasse. Ces amitiés qui disparaissent. Qui, elles aussi, viennent s'étendre au milieu de ce qui a été. Les êtres que nous avons croisés, que nous n'avons pas eu le courage de rencontrer. Par manque de persévérance. Et évidemment, ces gens qui s'en vont définitivement. Raymonde…

Il ne semble pas véritablement s'adresser à elle. Il se parle à lui-même, comme on se casse un peu le coin de la gueule contre le marbre de la vie.

— Et un jour, on est tellement vieux qu'il n'y a plus que là, dans ce cimetière, qu'il nous reste quelque chose à vivre. On est tellement lassés d'avoir tant aimé. Et de n'en garder qu'un cœur gros. On en fait quoi, de tout cet amour ?

Jeanne se sent tellement bien, tellement mal à la fois. Elle ne veut pas briser ce moment.

Pourtant, elle sait bien qu'on ne peut comparer le cœur aux allées d'un cimetière. Ce cœur, il bat. Il vit, justement.

Comme celui de Raymonde. Même si, à la fin, il a fini par la trahir, sous un soleil d'été.

Mais elle aime entendre Lucas expliquer ce qu'il ressent.

— En même temps, c'est joli, un cimetière. C'est calme. On peut s'y abriter quelque temps, souffle Jeanne au feu qui ne danse que dans sa tête.

Elle a l'impression de ressentir un peu de sa chaleur.

Lucas ne peut alors s'empêcher de rétorquer :

— S'abriter, d'accord, mais pas du vent, alors !

Et Jeanne de s'esclaffer en revoyant l'étrange cortège, dans ce minuscule cimetière, cheveux ébouriffés et joues rougies de froid.

Ils se mettent alors à rire.

D'un rire qui guérit de tout. À s'en prendre dans les bras. Comme un hommage. Comme pour marquer vraiment le début de ce deuil ahurissant. Comme on pleure. Sans se retenir.

Et entre deux sanglots, Lucas réussit à souffler :

— Garde le carnet, Jeanne. Garde-le pour moi. Jusqu'à ce que je trouve le courage…

25.

JE SUIS NÉE EN 1931. Mes parents m'ont appelée Raymonde. Peut-être qu'ils m'en voulaient. Il y a des prénoms qui meurent avec le temps et ce n'est pas forcément une grosse perte, il faut bien l'avouer. J'ai la quasi-certitude que celui-là ne reviendra jamais à la mode.

C'était un autre siècle, un autre millénaire. Mon prénom est comme le reste, un vestige d'une autre époque. Je ne suis pas amère, j'ai toujours vécu avec mon temps.

Mon enfance n'a pas été difficile. Elle est juste passée. Elle a coulé, je dirais.

Maman était une femme plutôt effacée, discrète. Elle passait la plupart de ses journées dans une sorte d'hébétude étrange. Puis, sans prévenir, elle se mettait dans une colère noire pour retomber, en quelques secondes, dans un mutisme total.

Je me souviens que, petite, je racontais à qui voulait bien l'entendre que maman avait la mélancolite. Je n'avais aucune idée de l'existence de mots comme « dépression » ou « tendances suicidaires ». Et je n'étais pas la seule. On parlait, je crois, d'état mélancolique. J'ai dû l'entendre et créer cette maladie imaginaire.

Mon père était un homme dur. Très dur. Pur produit de ce début de siècle.

Je les aimais tous les deux autant que je les craignais. Fascinés par leur autorité que je bravais pourtant trop souvent. Je ne sais pas pourquoi, mais les adultes me mettaient en colère. Comme si j'étais dans l'obligation de faire le contraire de ce qu'on me demandait. J'étais une sale gamine qui avait toujours le « non » à la bouche.

Le martinet trônait en bonne place dans la cuisine et les fessées étaient monnaie courante. Je n'en suis pas morte, j'avais déjà la peau dure.

Je me souviens d'une fois, je devais avoir six ou sept ans, où je lisais tranquillement dans ma chambre, étalée sur mon lit, comme une bienheureuse. *Les Malheurs de Sophie*. Je me rappelle très bien. Je jubilais devant les facéties de cette petite fille qui aurait pu être mon amie. La découvrir en train de découper les poissons rouges me remplissait d'un frisson d'effroi délicieux.

Maman est entrée dans ma chambre. Et elle est devenue comme folle. Je ne l'avais encore jamais vue dans cet état.

Elle m'a pris le livre des mains et a commencé à en déchirer toutes les pages en vociférant que ce n'était pas un passe-temps pour une fille. Que je n'apprendrais jamais rien dans les livres. Que c'était du temps perdu et que si elle m'y reprenait, elle mettrait le feu à ma chambre.

En même temps que je comprenais que quelque chose ne tournait pas très rond chez maman, j'entamais ma passion pour la lecture. Puisqu'on m'interdisait de lire, moi, j'allais me l'autoriser !

J'ai alors commencé une véritable contrebande qui allait durer jusqu'au moment de quitter le foyer parental. J'avais trouvé une bonne cachette, dans une cavité secrète, derrière la maison.

Dès que mes parents avaient le dos tourné, je me faufilais à l'extérieur. Quel que soit le temps. Les beaux jours, rien ne me faisait plus plaisir que de grimper dans un arbre et m'installer sur une branche solide, mon livre à la main.

J'ai ainsi compris que je n'étais pas la seule à désobéir. Jamais je n'ai ressenti autant de plaisir à lire qu'à travers ces récits d'enfants facétieux dont cette chipie de Sophie fut le déclencheur.

Je courais sur les rives du Mississippi avec Tom Sawyer. Je visitais le pays des merveilles aux côtés d'Alice. Je m'agaçais au contact des petites filles modèles si parfaites, si gentilles. Et j'apprenais que la liberté avait un prix grâce à la chèvre de M. Seguin.

Je ne me suis plus jamais fait attraper un livre à la main, mais je me souviens m'être fait la promesse d'en avoir des milliers chez moi, lorsque je serais grande. J'ai tenu mon engagement envers cette petite fille. Elle doit être bien fière de vivre au milieu de tous ces ouvrages...

J'allais à l'école du village où je n'étais pas mauvaise. J'étais douée pour mémoriser les choses qui m'intéressaient. En revanche, dès qu'il s'agissait de mathématiques, mon cerveau semblait se mettre à bouillir immédiatement et je décrochais. Je n'aimais pas les chiffres et ils me le rendaient bien.

Dans la cour de récréation, je n'étais pas très populaire. Un garçon sur deux se prénommait Jean et ils ne regardaient les filles qu'avec dédain. Moi, je rêvais de jouer au football avec eux, d'être le capitaine de l'équipe. Mais non. Alors je me comportais comme une camionneuse. Les roustes que je me suis prises par mon père lorsque l'institutrice lui racontait que je m'étais roulée dans la cour d'école à me battre avec des garçons...

Quant aux filles, qui s'appelaient, elles, presque toutes Marie, je ne les voyais même pas. Agglutinées dans un coin de la cour à faire les timorées.

J'étais souvent seule. Je m'inventais des jeux, sortis tout droit de mon imagination ou de mes lectures, je vivais des aventures palpitantes dans un recoin de l'école. Je crois que je n'étais pas triste. Je me disais simplement que ces enfants-là ne m'intéressaient pas. J'avais le sentiment que le monde n'était constitué que de Jean et de Marie, et que je ne faisais pas partie du même monde. Que quelque chose clochait avec moi... J'étais une Raymonde. Je ne me mélangeais pas, mais je le vivais comme un véritable choix.

À la maison, maman m'apprenait, elle aussi, des choses qui ne m'épanouissaient pas vraiment. C'est une époque où on expliquait aux filles comment s'occuper du foyer. Alors que je ne rêvais que de courir partout. Maman, une fois que j'étais rentrée de l'école, me gardait jalousement à l'intérieur, et me montrait comment repriser des chaussettes, faire briller l'argenterie.

Elle me précisait en permanence qu'avec tout ça, je serais une brave fille. Bonne à marier.

Même si j'écoutais maman d'une oreille attentive, déjà à cette époque, quelque chose me paraissait bizarre, et je ne trouvais pas grand intérêt à vouloir à tout prix se retrouver unie à un bonhomme. Cela semblait être l'obsession de maman, le seul sujet qui pouvait un tant soit peu éclairer sa figure. « Faire un bon mariage. » J'ai grandi avec cette rengaine dans la tête. Tout en me disant que je ne me marierais jamais.

C'est drôle, Lucas. En prenant de l'âge, je me souviens de mieux en mieux de cette petite fille un peu solitaire, mais tellement téméraire. Comme si se rapprocher de la fin vous ramène aux débuts, ces années essentielles de nos vies. J'ai beaucoup de tendresse pour elle, en la regardant par le prisme de tout ce qui est arrivé ensuite. Pour toi, mon Lulu, je n'ai toujours été qu'une vieille dame.

Pourtant... Je suis encore parfois cette enfant effrontée aux genoux écorchés, pas aussi distinguée qu'elle devrait l'être et qui savait serrer les dents lorsqu'il le fallait. Je suis restée fidèle à cette petite fille qui voulait s'échapper par la porte merveilleuse qu'était un livre. Ils m'ont aidée tout au long de ma vie à tout supporter, à tout entreprendre. À tout entendre. Je n'ai jamais été seule grâce à eux.

Je suis tellement heureuse aujourd'hui d'avoir réussi à te transmettre ce virus. Il n'y a pas plus belle maladie. Et j'espère que tu n'en guériras jamais. Cela te sortira de bien des mauvais pas, de bien des sombres pensées.

Mais je m'égare.

Un jour, maman a décidé que j'étais en âge de travailler. Elle m'amenait avec elle faire des ménages chez les notables du village. Au noir. « Au black », comme vous dites. Je n'ai jamais compris cette façon de parler anglais à tout bout de champ.

La tâche ne me dérangeait pas. Ce que je n'aimais pas, c'est la manière dont, parfois, certains de nos patrons s'adressaient à nous. Sans vraiment nous regarder. Du bout des lèvres et le menton relevé, comme si on sentait le purin.

Pourtant, il y avait une maison que j'adorais. Un petit manoir. Tout y était si élégant que j'avais de la peine à mettre un pied devant l'autre, de peur de salir ces carrelages étincelants. À chaque visite, je découvrais une nouvelle pièce. Les habitants du lieu avaient une bonne à demeure, mais on venait pour filer un coup de main. La maison était si imposante.

Et un jour, j'ai poussé une porte encore inconnue.

Je me suis retrouvée face à des milliers de livres.

Une bibliothèque !

Une vraie !

Je me suis approchée de ces trésors alignés à l'infini dans cette caverne d'Ali Baba, stupéfaite. Je devais presque me pincer pour croire qu'une telle profusion d'ouvrages puisse réellement exister.

Je n'avais cependant pas vu que quelqu'un était dans la pièce.

Une petite fille s'est alors adressée à moi avec le plus éclatant des sourires :

— Bonjour, je m'appelle Ginette. Et toi ?

26.

Jeanne se glisse, au petit matin, en dehors de l'appartement. Elle a pris soin d'enfiler un blouson bien épais, un bonnet et des gants, car il fait très frais en ces derniers jours du mois d'octobre.

Lucas est déjà parti. Il avait une réunion importante. Jeanne profite un peu de la solitude.

Elle traverse le pré envahi de feuilles mortes. Le froid piquant finit de la réveiller.

Elle se plaît à l'idée d'être emmitouflée ; il y a quelque chose de rassurant dans toutes ces couches.

Ce n'est qu'avec Raymonde qu'elle a appris à apprécier aussi le soleil. Sa chaleur, sa lumière. Jeanne associera toute sa vie cette sensation à la vieille dame et à ces quelques journées passées ensemble à se la couler douce.

D'un bon pas, elle se dirige vers le petit bois derrière la ferme. Celui-là même que Raymonde aimait nommer « forêt ». Rapidement, Pétasse vient se joindre à elle pour profiter, elle aussi, de la promenade matinale.

Jeanne aime tellement cette chienne. Elle lui rappelle tant Raymonde que l'émotion la submerge, à la voir courir d'un arbre à l'autre, dans ce bois qui fut l'abri de bien des confidences entre les deux femmes.

Jeanne n'oubliera jamais ce jour-là. Lorsque Raymonde était chagrinée par le départ de Ginette en maison de retraite. Elle avait demandé à Jeanne de l'accompagner et lui avait offert la plus belle des confiances.

Elles avaient d'abord cheminé en silence, profitant de l'ombre et de la fraîcheur bienfaitrice des arbres. Puis Raymonde avait brisé la quiétude de leurs vagabondages.

— Je ne vais pas tarder à casser ma pipe, ma Jeannette.

Jeanne s'était raidie mais n'avait rien dit. Elle avait laissé la vieille dame poursuivre.

— Je vais mourir. Il va être temps. Et j'ai un service à te demander.

Appuyée sur le bras de Jeanne, Raymonde regardait droit devant elle, sans fléchir.

— Il ne faut pas que tu sois triste. C'est le cours normal des choses. J'ai bien vécu. J'ai plus souvent été heureuse que le contraire, et c'est bien là l'essentiel. J'ai survécu au pire, je crois. Je ne sais pas si je dois en être fière. Quoi qu'il en soit, le fait est que je ne vais pas tarder à me faire la malle. Et que je vais lâcher Lucas. Et ça, ma toute belle, je ne l'accepte pas. Il a passé sa vie à se faire abandonner. Même un mauvais psychologue serait capable de voir qu'il est atteint d'abandonnite aiguë. Ce garçon est la personnification de la peur de la solitude. Et je vais être celle qui va lui enfoncer encore une lame dans le cœur. Moi qui l'aime tellement.

Jeanne n'avait pas prononcé un mot. Elle en aurait été incapable. Elle avait le souffle coupé.

Elles avançaient, lentement, serrées l'une contre l'autre, sur l'étroit sentier, comme soudées par l'instant. Les rayons de soleil perçaient le toit de branches de temps à autre, mais n'interrompaient pas le flot de paroles qui surgissaient du cœur de Raymonde.

— Il va falloir que tu deviennes son ange gardien, Jeanne. Car il n'a personne. Il n'aura plus personne. Il est fragile. Je le sais bien. Il est solaire, mais un simple nuage peut entraîner un véritable ouragan. Sa sensibilité est sa pire ennemie. Ce monde n'est pas fait pour les enfants. Surtout lorsqu'ils le restent toute leur vie.

Raymonde lui avait alors révélé son plan secret.

— Je ne t'ai pas fait venir à la ferme pour moi, Jeanne. Lorsque nous avons passé l'annonce, j'avais déjà ma petite idée en tête. Il ne s'agissait pas de me tenir compagnie. Ne crois pas que ta présence à mes côtés me soit désagréable. Tu sais très bien les liens qui se sont créés entre nous. En si peu de temps. Mais je voulais que quelqu'un soit là pour que je puisse mourir en paix. Et que ce quelqu'un soit là, ensuite, pour mon Lucas. Il faut que tu me promettes que tu seras là pour veiller sur lui.

Jeanne avait été honorée de cette confiance. De cette mission presque divine que lui déléguait Raymonde.

Veiller sur Lucas. Son Lucas.

Elles avaient continué à cheminer en silence.

Bouleversées.

— Je veux juste te dire que je suis heureuse, et le mot est faible, de t'avoir rencontrée, Jeanne. Tu es une jolie personne.

— Dans votre bouche, c'est la plus belle chose qu'on m'ait dite. Qu'on me dira sûrement jamais, avait murmuré la jeune femme en s'essuyant les yeux d'un revers de la main.

— Il ne faut pas pleurer, tu sais. Enfin, si tu dois geindre, c'est maintenant. Je ne veux pas que Lucas se doute de quelque chose. Mais ne sois pas triste. Je vais peut-être rejoindre ma fille. Depuis le temps... J'ai été avec elle chaque seconde de ma vie.

— Mais on peut sûrement faire quelque chose. Si vous sentez que...

— Jeanne. Ne sois pas idiote, ma petite. Nous ne sommes pas éternels. Tu le sais très bien. Et si je te raconte ça, ce n'est pas pour faire du sentimentalisme ou pour que tu me sauves la vie. J'ai besoin que tu me promettes de veiller sur lui. C'est son existence à lui que je veux que tu préserves. Pas la mienne.

— Évidemment que je peux faire attention à lui... Mais je ne serai pas d'une grande aide face à sa tristesse... Vous êtes tout pour lui, Raymonde... Personne ne remplacera ça.

— La tristesse ne durera qu'un temps. Disons que mon souhait est simplement égoïste. Je ne peux pas me résoudre à le laisser. C'est la seule chose qui me retienne encore ici. J'ai besoin que tu me donnes le droit de m'en aller.

La vieille dame s'était alors interrompue dans son explication car elles avaient entendu Lucas hurler depuis la bâtisse :

— Hé, ho, les filles ? Il faut rentrer maintenant, le grand méchant loup va finir par vous choper.

Raymonde avait serré encore plus fort la main de Jeanne, puis crié à son tour d'un ton jovial :

— On arrive ! Et gare à toi si le repas n'est pas en train de mijoter !

Elle lui avait fait un clin d'œil et elles étaient revenues vers Lucas.

Ainsi avait eu lieu leur première promenade ensemble.

Depuis ce jour-là, il y avait eu beaucoup d'autres confidences dans la forêt. Même si Jeanne, à chaque fois, craignait de vivre la dernière tant elle s'attendait à la disparition de Raymonde d'un jour à l'autre.

Dès que Lucas n'était pas dans les parages ou qu'il était occupé à autre chose, elles s'enfonçaient dans le sous-bois, serrées l'une contre l'autre.

Avec le recul, cela paraissait horrible. Pourtant, Jeanne avait vécu ces instants-là avec une sorte de sérénité tant la vieille dame, digne et résignée, semblait apaisée par ces préparatifs. Jeanne n'avait pas d'autre choix que d'essayer d'être à la hauteur.

Leur vraie amitié était née de ces sorties secrètes en forêt. Les arbres abritaient leurs chuchotements. Elles avaient, dans cette nature que Raymonde chérissait tant, échafaudé des plans sur la comète. Élaboré des stratagèmes heureux afin de rendre plus belle la vie de celui qu'elles aimaient maintenant toutes les deux. Et Jeanne, devant cette urgence, avait touché du doigt l'essence même de cette femme qu'un an auparavant elle ne connaissait pas. Le compte à rebours, aussi terrible qu'il soit, leur avait offert de ces fulgurances que jamais on n'oublie. De celles qui construisent une vie.

Raymonde, peu à peu, sur ce chemin ombragé, lui avait expliqué les mille choses infimes qui faisaient rire son Lucas. Les mille perfidies du quotidien qui pouvaient l'anéantir. Elle lui avait confié tout ce qu'elle savait, tout ce qu'elle ressentait pour ce grand dadais de trente ans qui n'en finirait jamais d'être un enfant abandonné à ses yeux. La perte de cette mère à jamais cicatrice. L'éloignement avec ce père qui n'avait pas eu la force de tendre le cœur. Ce chagrin d'amour plus dévastateur que tout. La peine de trop. Et cette trêve que le jeune homme était parti chercher auprès de la personne qui le connaissait le plus au monde. À l'abri des autres.

Elle lui avait raconté Lucas.

— Pour que tu le connaisses un peu comme je le connais.

Jeanne avait compris au contact de cette merveilleuse vieille femme à quel point les êtres qui nous entourent sont des puzzles. Dont personne ne possède toutes les pièces. Nous ne voyons que les bribes de ce qui constitue une personne. Nous la rencontrons à un instant de sa vie. Avec son lot de secrets, de non-dits, de fardeaux à porter. On se fait alors une image, plus ou moins déformée.

Et prendre le temps de découvrir quelqu'un, l'aimer peut-être, c'était cette envie de recoller les morceaux. D'imaginer l'enfant qu'il avait été, les rêves qui l'avaient nourri, les déceptions qui l'avaient fait chavirer. C'était entrevoir les combats menés contre soi-même, ces désillusions intimes et fracassantes qui constituent un être.

Jeanne n'avait pas eu besoin de cette promesse faite à Raymonde pour avoir envie de rendre la vie plus légère à

Lucas. Ne disait-il pas, en riant, qu'elle était sa moitié de mandarine ?

C'est maintenant, toute seule à cheminer dans la forêt de Raymonde, que Jeanne se rend bien compte de l'ampleur de la tâche qui lui a été confiée. Cette promesse faite à une morte lui paraît si folle. Protéger Lucas. C'est impossible, en réalité. Personne ne peut prémunir quiconque contre les aspérités de l'existence.

Mais elle se dit aussi que, pour la toute première fois de son existence, quelqu'un lui a vraiment fait confiance et lui a confié ce qu'il avait de plus précieux.

Elle comprend désormais que Raymonde a changé sa vie. Un petit coup de pouce du destin, une rencontre qui tombe au bon moment, comme il en existe peu.

Dans des moments de découragement, Jeanne se disait que la vieille dame n'avait pas eu d'autre choix que de s'adresser à elle. Pourtant, en réalité, elle sait que si elle n'avait pas convenu, Raymonde l'aurait tout bonnement congédiée sans faire de tralala. Un coup de pied aux fesses, et basta…

Une dizaine de jours avant que Raymonde ne s'envole vers un monde que Jeanne espère meilleur, cette dernière avait posé la main sur son cœur :

— Oh, mon petit oiseau s'emballe…

Elle avait doucement tapoté sur sa poitrine.

— Toc, toc, toc…

Elle avait semblé à cet instant ne plus être avec Jeanne.

— Il n'est pas tout neuf, le pauvre… Il déconne… Ça fait un peu peur, mais ça va aller. Oui, ça va aller…

Du bout des lèvres, Jeanne avait osé demander à la vieille dame si elle redoutait l'échéance fatale. Cette dernière avait alors ri aux éclats, comme à son habitude, en revenant sur la terre ferme.

— Tout le monde a peur de mourir. Sans avoir pu dire merci. Moi, tu m'offres l'occasion de le faire. C'est tellement précieux. Il faut dire merci, Jeanne. À ceux qui nous soulagent de vivre. À ceux qui nous illuminent. Pour de vrai.

Raymonde avait alors plongé sa main dans la poche de son pantalon de jogging et avait donné à Jeanne un petit paquet ainsi qu'une enveloppe.

— Tu liras la lettre lorsque je serai partie, ma Jeannette. Pas avant. Je te fais confiance. Et garde le carnet. Tu le remettras à Lucas. Pour qu'il sache.

SOUVENIR D'ENFANCE

JEANNE A NEUF ANS.
Elle écoute, derrière la porte de la chambre de ses parents. Sans respirer. Elle observe, par le trou de la serrure.
Des larmes silencieuses, douloureuses, coulent le long de ses joues. Sans bruit.
Papa est assis sur le lit. Et maman lui crie dessus. Sans s'arrêter.
Papa rétorque.
Maman le gifle.
Maman sourit. Et papa pleure.
Jeanne fait demi-tour.

27.

Le panneau, coincé entre deux buissons chétifs, indique « Les Jardins d'Éden ». La peinture est à moitié effacée.

Lorsque Jeanne gare la Ford sur le parking quasi vide, elle se dit que les lieux n'ont rien d'une annexe du paradis. Elle a plutôt l'impression d'être dans un décor de carton-pâte. Entre Disney et un mauvais western italien.

Comme s'il lisait dans ses pensées, Lucas claque la portière et sort du véhicule en grommelant :

— Putain de jardin d'Éden, on se croirait dans *Walking Dead*, en fait ! Regarde-moi ça…

Le jeune homme montre du doigt deux ombres, au loin, qui avancent d'un pas chancelant, si lent qu'elles semblent faire du surplace. Les deux silhouettes, un homme et une femme, tentent d'atteindre une porte vitrée à seulement quelques mètres, mais c'est comme si une rafale violente les empêchait d'arriver à destination.

— Ils auraient plus vite fait de marcher en moonwalk, les pauvres. Adam et Ève ont pris un sacré coup de vieux…

Depuis qu'ils sont partis de la ferme, en fin de matinée, Lucas n'a pas cessé de râler. Jeanne le soupçonne d'avoir peur de venir rendre visite à Ginette.

Il semble avoir tout fait pour reculer le moment d'y aller. Il a fallu trois faux départs avant de pouvoir enfin démarrer. Le premier car il croyait se souvenir ne pas avoir éteint la lumière de la salle de bains. Ensuite, c'est Pétasse qui restait introuvable. Ils ont passé un quart d'heure à la chercher dans toute la ferme pour finalement la trouver profondément endormie dans l'appartement de Lucas, sur le lit. Jeanne a pesté intérieurement, mais n'a rien dit. Elle savait que si elle lançait les hostilités, Lucas en profiterait pour déclencher une querelle qui aurait annulé leur expédition.

Puis, au moment de partir, Lucas s'est rappelé qu'il n'avait pas fermé à clef. Jeanne a crispé ses mains sur le volant. Ni Lucas ni Raymonde n'avaient pour habitude de verrouiller les portes lorsqu'ils quittaient les lieux... C'était d'ailleurs quelque chose qui l'avait beaucoup étonnée au moment de son emménagement.

Pendant qu'elle attendait, le moteur allumé, Jeanne a tourné sept fois sa langue dans sa bouche pour ne pas montrer son agacement. Et c'est tout sourire qu'elle a lancé un jovial « Andiamo ! » lorsque son ami s'est enfin assis à ses côtés.

Pendant le trajet, il n'a pas prononcé un mot. N'a même pas voulu mettre la radio. Il était tendu. Agité. Et plus ils approchaient de leur destination, plus son angoisse devenait contagieuse.

Jeanne se mettait à sa place : revoir Ginette lui rappellerait forcément l'absence de Raymonde. Cela ne faisait qu'une dizaine de jours qu'elle avait disparu et ils ne pouvaient pas laisser Ginette sans visite plus longtemps.

Les voilà donc arrivés, malgré tous ces faux départs. Lorsqu'ils se présentent, c'est l'heure du repas. À la réception, une femme, qui ne semble avoir de l'hôtesse d'accueil que le nom, leur explique d'un air quelque peu exaspéré qu'on ne peut pas voir les « pensionnaires » au moment du déjeuner. Elle paraît d'ailleurs tenir à ce terme car elle arrive à le caser à chaque phrase.

— Vous savez, nos pensionnaires sont âgés et facilement impressionnables. Tout ce qui peut perturber le rythme de vie de nos pensionnaires est absolument à proscrire. Nos pensionnaires n'aiment pas qu'on bouscule leurs petites habitudes, ça pourrait avoir des conséquences catastrophiques.

Lucas ne peut pas s'empêcher de lancer :

— Et c'est normal de voir vos *pensionnaires* se balader aux quatre vents, en robe de chambre, en plein milieu de la journée ?

Jeanne adresse un sourire d'excuse à l'hôtesse et entraîne Lucas vers une des chaises en plastique de la salle d'attente. Elle ne reconnaît plus son ami. Le deuil fait de lui un être différent. Qui rit trop fort et qui semble prêt à tout mettre en pièces la seconde suivante. Jeanne s'en attriste, mais elle se doute qu'il doit en passer par là.

Chacun a sa manière de gérer une perte.

Jeanne a simplement peur que la douleur du jeune homme s'enracine dans des rancœurs plus profondes.

Son humour est devenu plus cinglant, comme s'il voulait faire mal. Jeanne en fait souvent les frais. Pour lui, elle serre les dents et attend que l'orage passe. En évitant soigneusement d'attiser la flamme. Elle se sait de toute façon très douée pour courber l'échine. Pas besoin de beaucoup lutter contre son tempérament, finalement. La fameuse image du naturel qui revient au galop, face à Lucas et ses grands chevaux...

Lucas attrape un magazine sur la petite table en verre.

— Tiens, Jeanne, regarde. Nous avons traversé une faille spatio-temporelle... Sacré jardin d'Éden...

En effet, le magazine qu'il tient entre les mains annonce, à grand renfort de gros titres éclatants, la sortie d'un nouveau modèle de téléphone révolutionnaire : l'iPhone.

Jeanne saisit alors un *Paris Match* qui propose, en exclusivité, d'être reçu par le couple présidentiel. Nicolas Sarkozy et sa première dame, Carla Bruni.

Elle tente d'en plaisanter avec lui, mais le jeune homme est déjà ailleurs, stressé. Il chantonne sans s'en apercevoir tout en balançant une jambe au-dessus de l'autre, tel un métronome détraqué.

De l'autre côté de sa guérite en plexiglas, l'hôtesse leur lance :

— Je vous préviens dès que Mme Pietrowski a terminé de manger.

Lucas s'agace.

— On va rester là comme des abrutis pendant trois heures... Franchement, Jeanne, on s'en va. On reviendra une autre fois.

— On a fait la route. Maintenant qu'on est là, on peut patienter un tout petit peu, non ?

C'est au prix d'un effort presque surhumain que Lucas arrive à survivre à cette attente, et c'est environ une demi-heure plus tard que leur hôtesse leur fait signe de se diriger vers la salle commune.

Une aide-soignante vient à leur rencontre. Jeanne lui explique l'objet de leur visite et la jeune femme les conduit vers l'extérieur de la résidence.

— Mme Pietrowski s'assoit toujours sur le même banc après le repas. Il donne sur la route, derrière la clôture. C'est son petit coin à elle. Elle n'aime pas se mélanger avec les autres. Elle doit préférer regarder passer les voitures. Enfin, j'imagine, car elle n'est pas bien bavarde, cette brave petite dame... Nous l'aimons beaucoup, ici.

Effectivement, Ginette est assise sur son banc. Les cheveux tirés en arrière sur son éternel chignon.

Elle porte un gros manteau d'une classe folle, qui la fait paraître si frêle, engoncée dans les plis du tissu, comme si l'habit avait deux ou trois tailles de trop.

Jeanne et Lucas la saluent. L'éternel sourire bienveillant de Ginette est bien là, mais aucun son ne sort de sa bouche. Pourtant, comme à l'accoutumée, dans son regard, toute la douceur du monde semble les envelopper.

Gauchement, presque timidement, ils s'assoient près d'elle. Lucas d'un côté et Jeanne de l'autre. Ils se taisent.

Jeanne ressent plus qu'elle ne voit l'émotion de Lucas.

Ils ne bougent pas. Ne prononcent pas un mot, jusqu'à ce qu'un murmure sorte de la bouche de Ginette.

Jeanne n'a pas compris ; elle lui prend la main et tente d'attraper son regard.

Des larmes coulent le long des joues de la vieille dame. Elle répète et, cette fois, Jeanne entend ce qu'elle chuchote.

— Ce n'était pas sa faute, à Raymonde. Non. Ce n'était pas sa faute. Il faut lui dire. Il faut qu'elle revienne.

28.

GINETTE FUT LA PREMIÈRE ENFANT avec qui j'avais envie de passer du temps.

Cette rencontre, dans la bibliothèque, reste un des grands événements de ma vie. De ceux qui font apprécier la magie du hasard. Je devais avoir onze ans. Nous ne nous sommes plus jamais quittées.

J'avais pensé qu'il s'agissait de la fille des patrons de maman. Mais non, Ginette était la fille de la cuisinière. Et notre amitié débuta entre lecture et casseroles.

Eh oui ! C'est grâce à Ginette et à sa mère que j'ai développé mon amour pour la popote.

Lorsque j'avais fini mes tâches, je filais en courant rejoindre la cuisine où m'attendaient Ginette et sa mère. Nous nous lancions alors dans la confection de plats de plus en plus compliqués au fil des mois, pour mon plus grand plaisir. Ginette était une enfant aussi tempérée que j'étais révoltée, et je crois que c'est ce qui a scellé notre belle affection. Les opposés s'attirent, comme deux planètes qui se rencontrent et que plus rien ne peut détourner de leur orbite commune.

Nous avons grandi ensemble. Puis avons passé le reste de notre vie à veiller l'une sur l'autre. Parfois de loin, lorsque j'ai choisi, à une période de ma vie, de prendre le large. Mais je ne dois pas mettre la charrue avant les bœufs.

J'écris ce carnet, Lulu, pour te dire toute la vérité. Et le moment n'est pas encore venu ; je ne suis pas encore prête. J'y reviendrai plus tard.

Pardonne-moi de te livrer les choses en vrac, mais je suis un piètre écrivain. Écrivaine? Tiens, je ne sais pas ce qu'on dit. Tu chercheras sur l'Internet. Je crois qu'on peut dire autrice. Comme une institutrice ?

Bref, je voudrais te raconter ma vérité, et que c'est compliqué de mettre de l'ordre dans tout ça !

Ginette était présente le soir où j'ai rencontré Roger.

Roger. Celui qui fut mon seul époux, la bague à mon doigt et la corde à mon cou. Celui qui ne méritait pas d'avoir traversé ma vie.

Le bal des pompiers. Je rêvais d'y aller et j'avais réussi à convaincre Ginette, pas vraiment enchantée de m'accompagner.

J'avais fait le mur car mes parents ne m'auraient jamais autorisé une telle sortie. Enfin, c'est mon père qui aurait refusé net. Maman, elle, n'aurait sûrement opposé aucune résistance, tant elle paraissait vivre dans un autre monde à cette époque-là. La mélancolie avait complètement gagné la partie et elle ne semblait plus avoir aucun lien avec la terre ferme. Enfermée dans un mal-être que je ne comprenais pas et que je rejetais en bloc. Feignant de ne rien voir. Pour ne pas avoir à me sentir coupable, peut-être. Ou par peur de devenir comme elle? Certainement un peu…

Ce soir-là, je suis donc tombée sur Roger.

Je ne t'ai pas souvent parlé de ton grand-père, Lucas. Tu ne m'as pas non plus posé beaucoup de questions. Et j'avoue que ça m'arrangeait plutôt bien. Sûrement parce qu'il ne méritait pas qu'on en parle. Il aurait gâché la fête. Je ne voulais pas l'inviter à la table de nos moments heureux.

Roger avait pour lui une beauté presque impossible, parfaitement plastique. J'étais une gamine ; il ne m'en fallait pas plus pour vouloir le suivre au bout du monde.

Ginette nous surveillait du coin de l'œil, tout en discutant poliment avec un jeune homme gauche et timide.

Je crois que j'ai su, dès ce premier soir, qu'il était amoureux fou de ma Ginou. Il s'appelait Jean. Comme tous les garçons de cette génération. Et c'était le meilleur des hommes que j'ai pu rencontrer sur cette terre. Il n'était pas beau. Il était de ces gars qui passent plutôt inaperçus dans une assemblée, mais je lui suis éternellement reconnaissante. Il l'a épousée, ma Ginou, et l'a rendue heureuse pendant les cinquante années qu'a duré cette union.

Roger et moi avons passé cette première soirée à danser. Quelques mois plus tard, je me mariais avec lui. Ginette, témoin à la mairie. Mon père, plutôt contrarié, au premier rang. Maman n'était pas parmi nous ; elle commençait le premier internement d'une longue série. Elle qui n'attendait que de me voir convoler aurait dû être à la fête ce jour-là. Mais les médecins n'autorisaient pas de sorties, même exceptionnelles.

Maman était enfermée chez les fous et je faisais comme si je ne savais pas. Je me laissais croire qu'elle avait juste besoin de repos pour soigner sa mélancolite. Je ne voulais pas m'encombrer de questions. J'étais dure parfois. Je le suis restée.

Cette mère fantôme m'a mise en colère. Contre toutes les femmes. Contre ma propre féminité. Je crois qu'elle représentait pour moi un obstacle presque insurmontable. Il allait falloir se battre pour vaincre ce handicap.

Et toute ma vie, j'ai toujours jugé les femmes. Plus sévèrement que les hommes. Car je sais la force que la femme possède en elle. L'homme est faible, pour moi. Le sexe fort, c'est le mien. Et j'en ai voulu à ces femmes qui nous faisaient passer pour des pantins délicats.

Maman n'a pas assisté au mariage, donc.

La célébration s'est terminée. La robe blanche a été jetée au fond d'un placard. Et la vie a commencé.

Les fameux lendemains. Ceux qui déchantent et sonnent le glas de nos illusions.

Roger était un être étriqué. Mesquin. À part sa petite personne, je pense que rien ne l'intéressait vraiment. Pas même sa propre fille. Qui le renvoyait à une image vieillissante de lui-même.

Il lui arrivait parfois d'avoir la main un peu trop leste. Rien de grave. Mais une vraie volonté de faire mal.

Je me souviens de ce soir où il est rentré, un petit peu éméché. Plus que d'habitude. Il avait envie de me chercher des noises. Je ne me rappelle plus du motif exact de l'altercation.

Le ton est monté. Il m'a poussée sur le lit de la chambre et il m'a serré le cou. Comme s'il voulait m'étrangler.

Je l'ai repoussé avec une puissance que je ne me connaissais pas, avec mes deux jambes. Je l'ai envoyé valdinguer comme un boulet de canon. La terreur a décuplé mes forces. La rage m'a transformée.

Je l'ai vu atterrir contre l'armoire. Sa tête a cogné le grand miroir, le brisant en mille morceaux, et il s'est mis à saigner.

J'ai vu dans ses yeux quelque chose de nouveau.

De la peur.

Il avait peur de moi à cet instant-là. Et j'étais la plus forte des femmes en ce monde.

Ce soir-là fut la dernière fois qu'il levait la main sur moi. Quelques mois plus tard, je demandais le divorce.

Maman n'en a jamais rien su. Elle n'était plus parmi nous. Elle vivait dorénavant à l'abri de cette société qui avait eu raison d'elle, derrière les murs d'une institution psychiatrique, où j'allais la voir, de loin en loin, tant l'exercice me paraissait une épreuve.

Lorsque j'ai quitté le domicile conjugal, ma fille sous le bras, Ginette m'a accueillie pendant plusieurs mois au sein de son foyer. Son éternel sourire en guise de bienvenue. Et comme l'homme qu'elle avait épousé était fait du même moule, Jean m'a lui aussi ouvert grand les bras.

Tout ça pour te dire, mon Lucas, qu'il y a des êtres sur qui on peut compter. Ils sont rares, mais lorsque le destin les met sur notre chemin, cela te ferait presque imaginer que le Bon Vieux est bienveillant. Je dis bien presque, ne va pas annoncer à Ginou que j'ai terminé ma vie en grenouille de bénitier.

De toute façon, elle ne te croirait pas. Elle me connaît trop bien.

J'ai pu, grâce à elle, reprendre ma vie en main. Encore une chose pour laquelle je lui serai éternellement reconnaissante. Elle m'a aidée. A aidé ma fille. Ta maman.

Je crois que le temps est venu de te parler d'elle.

29.

Ma Jeannette,

Avant tout, pardonne-moi.

J'imagine à quel point tu peux être bouleversée de devoir lire les mots d'une morte. Je n'aime pas le grand spectacle, les effets de manche, et pourtant il me semble que la mort a véritablement quelque chose de théâtral. Quoi qu'on en dise. Et qu'on le veuille ou non…

C'est drôle, je ne me suis jamais vraiment inquiétée de l'état de mon âme. Peut-être parce que j'ai toujours fait le nécessaire pour rester droite dans mes baskets. Mais à l'idée d'aller rencontrer le Bon Vieux là-haut, je me dis que je devrais quand même vider un peu mon sac.

J'ai eu une vie à mon image. Je ne regrette rien. Même au moment des aveux. J'ai croisé des hommes, Dalida, et j'ai connu l'amour. Le plus fou de tous, celui où l'autre passe avant toi. Lucas fut mon grand amour à moi.

L'amour ne meurt jamais. Je l'ai lu souvent dans des livres, et maintenant, je le sais. Il reste accroché à notre âme. C'est un peu fleur bleue, ce que je raconte là, mais j'ai l'esprit lyrique ce matin. Au moment où je rédige ces quelques lignes, j'ai l'odeur du jasmin que tu as cueilli pour moi qui me monte à la tête.

Je t'écris et je vois ma vie qui défile. Pour ne pas la laisser s'échapper, je l'ai racontée dans le carnet que je t'ai donné pour Lucas. Je te laisse évidemment la liberté de le lire, même si tu connais déjà toute ma vérité. Je ne sais pas quand exactement ce cœur va cesser de battre. Mais je sais qu'il ne va pas faire des siennes encore longtemps. Il s'affole si régulièrement ces derniers jours que je ne peux plus me mentir. Il n'y a qu'aux autres que je peux faire croire que tout va bien.

Je revois Lucas le jour de sa naissance dans son berceau de bois...

Je l'imagine assis sur le bord de mon lit de mort, et ça me brise le cœur. Je connais sa peine et je tremble pour lui. Je vois ses années à venir et je sais aussi que tu seras là pour l'accompagner. Tu as promis.

Tu as promis, dans ces bois. Tu dois me trouver bien garce. La mission que je t'ai confiée n'est pas des plus aisées. Nous avons souvent comploté ensemble. Nous avons établi des stratégies. Au départ, pour Lucas. Pour que tu sois présente pour lui. Puis, j'ai appris à te connaître et tu es devenue essentielle pour moi aussi. À tel point que je te transmets mes dernières volontés, en quelque sorte. Quelle vieille bique je suis, tu as le droit de me maudire, là, en me lisant.

Il ne faut pas que mes souvenirs t'encombrent. Ils ne te concernent pas vraiment. Ce sont les confidences d'une vieille folle qui s'apprête à passer l'arme à gauche. Et qui assume. Qui est prête à subir le jugement dernier.

Et n'oublie pas, ma Jeannette, qu'aucun homme ne doit te faire croire que tu n'es pas quelqu'un d'exceptionnel. Aucun homme ne peut te limiter. Personne sur Terre ne peut t'empêcher d'être ce à quoi tu te destines.

Si je peux te laisser quelque chose, je te lègue cet ordre-là. Celui d'exister. De ne pas t'excuser d'être là. De vivre. Pour toi. De savoir pardonner. Et de surtout désobéir.

Désobéis, Jeanne.

Tu l'as compris toute seule, mais la route est longue. Et tellement rapide à la fois. Désobéis, et sois audacieuse. Tu n'en seras que toi-même. Peut-être pas toujours récompensée, mais constamment vivante. Je t'aime, ma douce. Je ne te l'ai jamais dit. Mais j'ai senti, dès les premières secondes de notre rencontre, que tu étais une follement belle personne. Qui ne demandait qu'à éclore. J'aurais aimé avoir plus de temps à tes côtés, mais ta présence a offert à mes derniers jours ici-bas quelque chose d'inouï. La quiétude. Ce sentiment d'être avec la bonne personne pour terminer ma vie. Quel plus beau cadeau que de t'avoir croisée ? De t'avoir connue ? Et de te confier ce que j'ai été ?

Je te parlais d'ultimes volontés. Rassure-toi, pour l'essentiel – enfin, pour tout ce qui est terre à terre et donc pas vraiment essentiel –, j'ai déjà fait le nécessaire auprès de mon notaire. En revanche, pour ce qui n'a pas de prix, je ne peux que m'en remettre à toi.

Je te demande de continuer à offrir à mon petit-fils ses boules à neige qu'il aime tant, à chacun de ses anniversaires. Aussi longtemps que tu pourras. Je suis une vieille sentimentale qui ne peut se résoudre à le priver de ça aussi. On dira ce qu'on voudra, mais ce gosse aura été la plus belle chose qui me soit arrivée. Il m'a sauvé la vie, ce petit prince. Tu le sais. Tu l'as compris.

Et je te demande d'amener Ginette à Lourdes. Le temps est compté, ma Jeannette. Elle mérite de vivre son rêve. J'ai passé ma vie en me disant que j'aurais le temps de lui octroyer cette échappée belle. Et maintenant il est trop tard.

Tu vas bientôt revenir des courses et je ne veux pas que tu me trouves là en train d'écrire.

À un de ces jours, ma Jeannette, là où nos rires résonneront pour l'éternité.

Nos rires d'enfance sont la seule chose qui vaille la peine d'être regrettée.

Ta Raymonde

PARTIE 4
HIVER

« Il manque quelqu'un près de moi
Je me retourne, tout le monde est là
D'où vient ce sentiment bizarre
Que je suis seul ?
Parmi tous ces amis
Et ces filles qui ne veulent
Que quelques mots d'amour »

Michel Berger, « Quelques mots d'amour »

30.

JEANNE VIENT DE PLUS EN PLUS SOUVENT rendre visite à Ginette dans son purgatoire. Lucas ne l'accompagne que très rarement, en proie sans doute à des sentiments contradictoires que Jeanne s'imagine sans mal. Son envie d'aller de l'avant. Ses craintes d'être ramené en arrière à travers ce carnet qu'il n'ose pas ouvrir. La peur de se voir révéler des choses qui l'effraient. Qu'il devine. Qu'il préfère laisser enfouies. Ginette doit être, pour lui, la personnification de quelque chose qu'il ne maîtrise pas. Un pont entre passé et futur incertain.

Cela n'empêche pas Jeanne de lui proposer de l'accompagner chaque fois qu'elle se rend auprès de la vieille dame. Elle lui donne le choix.

Il a souvent de très bonnes excuses. Elle ne cherche pas à le convaincre.

Il semble s'en vouloir de ne pas avoir encore osé lire les mots de Raymonde. Jeanne le rassure. Essaie de lui expliquer que, un jour, il se sentira prêt. Elle ne souhaite pas le brusquer. Elle sait les vérités qu'il contient. Elle attend et redoute à la fois ce moment où Lucas les lira. Où il comprendra. Où il devra peut-être pardonner.

De son côté, Jeanne a lu et relu le petit cahier.

Pour la première fois de sa vie, elle s'était passionnée pour un livre. Raymonde serait sûrement sur les fesses de lui avoir donné ce souffle-là.

Jeanne a lu, et souvent pleuré. Elle a entrevu la jeune femme qu'était Raymonde. Elle aurait tellement aimé l'aider. Raymonde est restée bien longtemps seule, sans pouvoir parler à personne de ce qu'elle ressentait. Comment peut-on survivre ainsi ?

Le carnet l'accompagne partout. Jeanne l'a glissé dans une pochette, à l'intérieur de son sac à main. Lorsqu'elle se couche le soir, elle le dépose sous son lit. Et dès le réveil, elle se précipite pour vérifier qu'il est toujours là. Dans ses cauchemars, elle le voit partir en fumée dans les flammes. Tomber à l'eau.

Elle a même fini par en photocopier les pages. Au cas où.

Elle s'est rendue pour cela dans la petite galerie marchande du supermarché. Un peu perdue, elle s'est tournée naturellement vers le seul visage connu. Samir. Immuable derrière sa caisse enregistreuse.

Peut-être a-t-il senti la détresse de Jeanne, car il lui a proposé de se rendre avec elle dans la petite boutique de presse pour faire des photocopies.

Ils en ont profité pour déjeuner ensemble. Jeanne a découvert un garçon plein d'humour, qui donnait un véritable sens aux mots tant ils paraissaient mesurés dans sa bouche.

Il l'a souvent vue sortir le carnet de son sac, le ranger. Revérifier qu'il était bien là. Pourtant, il n'a pas relevé. N'a pas posé de questions.

L'amitié qu'il lui offrait d'un coup procurait à Jeanne un bien-être insensé car il n'attendait rien d'elle. Il était juste là pour parler de tout et de rien, mais surtout de rien.

Jeanne, durant ce déjeuner, a raconté à Samir les mois qui venaient de s'écouler. Sa fuite précipitée, sa rencontre avec Raymonde et Lucas, leur drôle de vie commune. Les mots sortaient de sa bouche en cascade, comme si elle se parlait à elle-même et qu'elle tentait de remettre un peu d'ordre dans ses idées. Samir, silencieux, l'écoutait avec attention, en hochant la tête de temps en temps. Elle s'est surprise à lui parler de ses passions musicales, de sa mère et même de Bernard. Ils en étaient au dessert lorsqu'elle lui a décrit leur dernière entrevue.

Lorsque Bernard lui avait téléphoné, le jour de la mort de Raymonde, Jeanne avait été tellement dévastée sur le coup qu'elle ne s'était même pas arrêtée sur sa présence à la ferme. Elle voulait juste qu'il disparaisse.

Il avait tenté de se justifier longuement. Expliquant qu'il l'avait retrouvée par hasard. Que c'était la première fois qu'il venait sur les lieux et qu'il était tombé sur Raymonde.

Elle ne l'avait pas cru. Elle voulait qu'il se taise. Il abîmait quelque chose en prononçant le prénom de sa défunte amie. Son amitié avec Raymonde ne lui appartenait pas.

Jeanne ne voulait pas discuter. Elle voulait pouvoir pleurer en paix. De guerre lasse, elle avait lâché, dans un soupir qui semblait venir du fond des âges :

— Bernard, laisse-moi partir maintenant. S'il te plaît.

Son mari l'avait regardée, interloqué.

— Je ne comprends pas, Jeanne. C'est à cause de lui ? De ce mec qui ressemble à un acteur de cinéma et avec qui tu passes toutes tes journées?

Elle avait compris véritablement à ce moment-là que Bernard l'observait depuis longtemps. Mais peu importe. Elle n'avait pas la force d'essayer de trouver encore des explications. Elle voulait juste qu'on la laisse tranquille.

Bernard, piteux, l'avait regardée vraiment, dans les yeux, pour la première fois de leur vie commune.

— Je t'ai menti, Jeanne. Je me suis menti. Pardonne-moi. Je crois que je ne t'ai jamais aimée. Pas de la façon que tu attends que quelqu'un t'aime. Je ne suis pas bien malin pour ces choses-là, mais je sais quand même reconnaître mes erreurs. J'ai compris que je ne t'aimais pas, non. Je te possédais. Tu étais *ma* femme.

— Non, Bernard, tu ne m'aimais pas. Je l'ai très vite compris, tu sais. Je suis aussi fautive que toi dans cette mascarade. Car je savais. Depuis toujours. Je connaissais ton secret.

Jeanne avait frissonné devant les mots qui s'apprêtaient à sortir de sa bouche. Ces mots qu'elle cachait au plus profond de ses pudeurs. Du peu de fierté qui lui restait.

— Tu ne m'aimais pas, Bernard. Car ton cœur était déjà pris.

Bernard, face à elle, avait avalé de l'air. Sa pomme d'Adam avait paru animée d'une vie propre. Elle montait et descendait comme s'il était en train de se noyer.

— Tu as toujours été amoureux d'une seule femme. Ma mère. Mme Marty. La prof canon. Et je le sais depuis le premier jour. Cette façon que tu avais de la regarder enfant, je n'ai jamais oublié. Tu as épousé la fille pour vivre dans l'ombre de la mère. Pour avoir une chance de l'apercevoir. De temps en temps. Je surprenais à chaque fois cette lueur, Bernard, qui ne m'était jamais destinée. Elle entrait dans la pièce et tu te transformais. Tu fanfaronnais, tu te mettais à babiller comme un adolescent à sa première boum. Lorsque nous nous sommes retrouvés, la première fois, tu ne m'as posé aucune question sur moi. Tu as parlé uniquement d'elle. Avec cette étincelle dans les yeux. Et cette excitation dans la voix. J'ai été le prétexte.

— Il ne s'est jamais rien passé, Jeanne, avec elle. Jamais.

— Comme il ne s'est finalement rien passé entre nous deux, Bernard. Où est la frontière? Qui avons-nous trompé, à la fin, toutes ces années? Nous nous sommes restés fidèles, oui, mais c'est à toi que tu mentais, c'est moi que je trompais. Il faut cesser. Il est temps d'arrêter. Nous n'avons plus le temps.

Elle n'avait jamais mis les mots. Et lors de cette terrible journée, ils avaient fini par sortir.

Elle avait vu dans le regard de Bernard que la coupe avait été bue.

C'était bel et bien terminé.

Il leur faudrait évidemment régler les détails pratiques de leur séparation, mais Jeanne ne voulait pas réveiller l'eau qui s'était enfin endormie.

La mère de Jeanne ne se remettait pas de la conduite insensée de sa fille. Lors de leur dernier entretien téléphonique, avertie par Bernard des événements, elle avait menacé de la déshériter. Jeanne n'en avait que faire. Elle n'attendait rien, de toute façon. Quel héritage pourrait bien lui laisser cette mère qui avait passé sa vie à la dénigrer, la comparer, la rendre plus moche qu'elle ne l'était ? Jeanne savait bien qu'elles finiraient par entretenir à nouveau un semblant de relations cordiales un jour ou l'autre. Peu lui importait quand.

Après s'être ainsi confiée à Samir, Jeanne se sentait plus légère. Elle le quitta sur le parking du supermarché. Elle ne lui avait pas laissé en placer une. Elle lui était terriblement reconnaissante de l'avoir simplement écoutée.

Ce matin, pourtant, ce n'est ni à sa mère, ni à Bernard qu'elle songe. C'est à Ginette et à ces visites qui, à chaque fois, offrent à Jeanne la vision d'une vieille femme qui semble rapetisser, se refermer en elle-même. Jeanne craint un jour de ne plus la retrouver. Cette frayeur lui broie le cœur. Le fameux « trop tard ». Qui peut arriver à tout moment. Qu'elle regrettera alors pour le reste de sa vie.

Alors, ce matin-là, elle embarque Lucas. Elle a un peu menti en déclarant qu'elle devait passer faire des courses juste après et qu'elle avait besoin de ses bras musclés.

Elle se dit que voir Lucas pourrait être un moyen de faire revenir Ginette du brouillard où elle semble vouloir se dissimuler.

Au fil des visites de Jeanne, l'hôtesse d'accueil a fini par se dérider et a parfois même un mot gentil ou un trait d'humour. Pourtant, aujourd'hui, lorsque Jeanne se poste devant son comptoir, elle soupire.

— Elle est bien mal en point, Mme Pietrowski, aujourd'hui.

Jeanne rejoint le jardin et le banc de Ginette, escortée par Lucas qui, pour une fois, ne paraît pas trop savoir quoi dire. Quoi faire.

Ginette est encore là. Mais pour combien de temps? Elle n'a aucune réaction à leur approche. Rien. Elle flotte dans ses vêtements et son visage s'est émacié, comme s'il avait fondu. Ses poignets sont tellement fins que Jeanne a la sensation qu'elle pourrait les lui briser d'une simple poignée de main. Elle est seule, frêle silhouette assise sur son immuable banc, dans les premiers froids de décembre. Elle semble avoir décidé de se laisser mourir à petit feu, elle, l'amie de Raymonde qui avait lutté jusqu'au bout.

Est-ce parce qu'elle ne sait plus vraiment à qui se raccrocher ? Parce qu'elle se sent trop seule dans ce monde sans Jean, sans Raymonde? Ses enfants viennent peu lui rendre visite. Elle n'a pas d'autre famille qui puisse égayer ses journées.

Jeanne repense aux mots de Raymonde.

Désobéis.

Désobéis, Jeanne.

Comme une tempête dans sa tête. Il est l'heure, oui. Elle doit faire quelque chose.

Tout en aidant Ginette à se mettre debout avec mille précautions, elle lance à Lucas :

— Va occuper la gardienne, Lucas, s'il te plaît… Puis rejoins-nous vite à la voiture.

Lucas la regarde avec de grands yeux, à la fois surpris et très amusé.

— Mais qu'est-ce que tu fabriques, Jeanne? Ne me dis pas qu'on va kidnapper Ginette?

— Contente-toi de faire du gringue à l'hôtesse pour qu'elle ne voie pas Ginette s'en aller. Je t'expliquerai ensuite… Dépêche-toi, Lucas!

Pendant que, péniblement et avec une lenteur infinie, les deux femmes commencent à contourner le grand pré qui borde la maison de retraite afin de pouvoir revenir sur le parking sans être vues, Lucas se dirige d'une foulée rapide vers le bâtiment principal.

Au bras de Jeanne, Ginette n'oppose aucune résistance. À chaque instant, Jeanne croit entendre dans son dos une voix qui les interpelle et leur demande où elles vont. Pourtant, elles avancent sans que personne ne vienne interrompre leur progression.

Lorsqu'elles atteignent enfin la Ford Escort, Jeanne installe confortablement la fragile vieille dame sur le siège arrière et attache sa ceinture avec précaution. Elle réajuste son manteau car le chauffage du véhicule prend du temps à se mettre en branle.

Puis elle s'assoit au volant et attend que Lucas veuille bien revenir. Il finit par sortir du bâtiment au bout de quelques minutes, court vers la voiture où patientent les deux fuyardes et plonge sur son siège au moment où Jeanne fait démarrer la voiture.

— Je me retrouve avec le numéro de téléphone de la gardienne de prison dans la poche, avec vos conneries. Tu m'expliques ?

Jeanne éclate alors de rire. Il y a un soupçon de frayeur dans ce rire-là.

— Je vous emmène pour une petite virée à Lourdes, les jeunes !

31.

Le jour où ta maman est née fut le plus beau jour de ma vie. Tout le monde dit ça. La plupart des femmes en tout cas. Et pourtant, c'est la vérité. Ce fut le plus beau jour de ma vie. Le plus terrifiant également.

Je crois qu'aucune femme n'est préparée à cet amour qui vous arrive en pleine poire. Cette peur de ne pas être à la hauteur. Ce vertige de devenir mère. On a beau essayer de l'imaginer, de se projeter durant la grossesse, on ne s'attend pas à éprouver quelque chose d'aussi puissant.

Simple et immense à la fois. Comme si tout se mettait à sa juste place en un clin d'œil. Remise en cause de la théorie de la relativité, puisque ce petit être vient immédiatement se ranger tout en haut de l'échelle des priorités. Et plus rien n'est relatif.

Emma.

Lorsque je laisse son prénom me monter à la tête, je vois immédiatement ces dessins malhabiles et un peu moches, il faut bien l'avouer, que je prenais pour de véritables œuvres d'art. Avec, au bas de la feuille, ces lettres tracées à hauteur d'enfance, tremblotantes et pleines de promesses pour l'avenir.

Emma fut une fille tellement sage. Je n'arrivais pas à croire que j'avais donné la vie à une enfant si raisonnable. Si équilibrée. Si réfléchie.

Elle a fait sortir mon courage en pleine lumière. J'avais une raison de me battre. De me lever le matin.

Je ne sais pas si j'ai été une bonne mère. Je crois qu'on peut passer sa vie entière à se poser la question. J'ai essayé de tout mon cœur, de toutes mes forces. De toutes les erreurs que l'on commet à trop vouloir bien faire. Comment ne pas se tromper? Comment ne pas pécher par excès de protection?

On ne sait pas quel geste, quelle parole, quelle punition aura des répercussions sur l'adulte que deviendra notre enfant. Alors, on tâtonne et on fait comme on peut. On se culpabilise pour un jouet qu'on n'achète pas, pour une parole trop leste lancée sous le coup de la colère. On essaie de se rattraper. On avance.

Un enfant est une toile vierge. Le chef-d'œuvre n'est jamais loin. Et pourtant on fait des taches. On éclabousse sans le vouloir sa vérité. J'avais tellement peur de voir mes propres ratures en elle.

J'étais terrifiée, je crois, qu'elle soit née fille.

J'étais prête à élever un garçon. C'est idiot, je sais. Mais ce sentiment qu'une fille se veut forcément faible ne m'a jamais laissée en paix. J'ai tenté de lutter contre mon propre ressentiment envers le sexe faible. J'ai appris, un peu, la patience.

J'ai puisé en moi des trésors de calme. Pour ma toute petite.

Je n'ai pas pu m'empêcher pourtant d'être dure. Pour elle. Cette croyance qu'il ne fallait pas la ménager ne me quittait pas. Pour l'armer. Pour qu'elle ne soit pas à la merci des hommes.

Cette expression, « c'est pour son bien », un peu pathétique, qui justifie toutes les hésitations.

Je me souviens de ce jour où elle tente de lacer ses chaussures, quelques minutes avant de partir à l'école. Elle n'y arrive pas. Elle me paraît si empotée. Tellement fillette.

Je m'agace immédiatement et m'emporte de façon exagérée car nous sommes en retard. Je lui hurle dessus que le car de ramassage scolaire ne va pas l'attendre. Je la revois, agenouillée dans l'entrée, à tenter de nouer ces satanés lacets. Les sanglots rentrés de celle qui lutte de toutes ses forces.

Lorsqu'elle y arrive, elle me jette un regard plein de fierté, mais aussi de ressentiment. Elle se lève et part en claquant la porte.

Ce souvenir est la parfaite illustration de mes manquements. De ces trésors de patience que parfois je n'ai pas su trouver. De ces moments d'égarement qui touchent à la folie.

Que je ne m'explique pas. Que je comprends tellement.

Roger n'était pas là ce jour-là. Et s'il avait été présent, il aurait fini par quitter la pièce, sans un mot, comme pour se laver les mains de ces batailles de chiffonnière. Pour ne pas avoir à s'interposer dans un conflit dont les tenants et les aboutissants lui échappaient complètement.

Il ne comprenait pas mes réactions et celles de sa fille ne l'ébranlaient pas vraiment. Je crois que, pour lui, nous étions juste encombrantes. La plupart du temps, il déclarait forfait en levant les yeux au ciel. L'air de celui qui ne supporte pas les enfantillages.

Emma avait une dizaine d'années lorsque j'ai quitté son père. Nous avons donc vécu quelque temps auprès de Ginette et de Jean. Ils n'avaient posé aucune question, comme à leur habitude. Ils avaient juste ouvert en grand leur maison et leur cœur. Ils m'ont donné le courage nécessaire pour avancer et les ressources pour ne pas me décourager. Leurs encouragements furent précieux. Et le sourire de Ginette le plus beau des baumes.

Nous ne sommes pas restées longtemps, au final, puisque j'ai rapidement trouvé un emploi dans un restaurant de la région qui proposait même un petit logement de fonction sous les combles.

Je travaillais tard le soir et me levais aux aurores. Je n'avais pas beaucoup de temps pour Emma. Pourtant, elle ne semblait pas m'en vouloir. C'était une enfant si peu contrariante. Elle prenait la vie comme elle venait. Elle ne m'a jamais rien reproché.

Il fallait que j'arrive à être indépendante financièrement. Pour que ma fille ne manque de rien. Pour qu'on ne vienne pas m'accuser de ne pas subvenir à ses besoins. Roger me versait bien une pension alimentaire, mais je ne voulais pas compter uniquement sur lui.

J'avais la rage à cette époque, et je bossais comme une forcenée. L'image d'Emma, en permanence dans ma tête, décuplait mes forces et mon envie d'y arriver.

Il faut dire également que le fait de travailler dans un restaurant ne me déplaisait pas. Loin de là. Je découvrais un métier riche en rencontres de toutes sortes. Je pouvais allier mon amour pour la cuisine et ma facilité à lier contact.

Les patrons étaient contents car je ramenais du monde. Et de la clientèle fidèle. J'étais un joli brin de fille, tu sais. De qui crois-tu tenir ta beauté insolente, mon Lulu ? Je ne plaisante qu'à moitié car je n'étais pas une fille modeste. J'avais conscience de mes charmes et je savais les utiliser à bon escient.

À cette époque, j'ai passé le permis de conduire. Juste pour être sûre de pouvoir trimballer Emma. Comme un atout supplémentaire dans ma manche. Je voulais être capable de tout. Sans jamais me sentir réellement à la hauteur. Mais sûrement est-ce le lot de tout parent aimant. Aimer, n'est-ce pas reconnaître la somme de ces failles intimes qui peuvent briser un équilibre fragile ? J'en ai connu, de ces nuits blanches, à me poser des questions sur l'avenir.

Tu dois me trouver bien compliquée, Lucas. Je veux juste arriver à t'expliquer la foule des décisions à prendre lorsqu'on est responsable de quelqu'un d'autre. Je ne me justifie pas, car il n'est plus temps. Je veux juste te dire. Et j'imagine à quel point mes mots peuvent te paraître insuffisants tant tu as besoin de savoir.

Pardonne-moi de n'avoir pas su le faire avant. J'essaie de te raconter tout ce que tu ne sais pas pour ne pas te laisser dans l'ombre. Pour que les secrets, les non-dits, ne t'engloutissent pas.

Ce carnet décousu que j'écris pour toi a quelque chose d'un peu pathétique. Ce sont les mots d'une vieille femme qui, un jour, a été mère. Puis qui ne l'a plus été. Qui l'est restée pourtant toute sa vie.

Je ne peux tout te raconter. Pourtant j'essaie, mais je n'arriverai jamais à expliquer l'éclat qu'Emma a mis dans ma vie. Je n'ai pas de mots assez forts.

Il te faudra te contenter de me croire sur parole, Lucas : ta maman était une vraie belle personne.

32.

LE VOYAGE AVAIT DURÉ UN PEU PLUS DE DEUX HEURES. Une fois sorti de la maison de retraite, le trio avait foncé vers l'échangeur, direction la fameuse autoroute des deux mers, puis ils avaient bifurqué vers l'A64, la Pyrénéenne.

Lucas tapait dans ses mains en permanence, ravi de ce périple improvisé. Jeanne lui avait expliqué :

— Je le dois à Raymonde. Ginette à Lourdes. Et j'ai eu tellement peur ce matin. Comme si je devais tenir ma promesse. Comme si c'était maintenant ou jamais.

Elle jette un coup d'œil dans le rétroviseur. Elle a l'impression que toutes les polices de France sont à ses trousses. Ginette est assise, les deux mains posées sur les genoux, l'image même de la sérénité.

Ils ne s'arrêtent qu'une seule fois, sur une aire de repos, pour prendre de l'essence ; car, Jeanne n'ayant pas prémédité cette folle échappée, le réservoir s'approche dangereusement de la zone critique. Il ne s'agirait pas de se retrouver en rade avec la vieille dame sur le dos au bord de l'autoroute.

Jeanne en profite pour faire quelques achats et propose à Ginette de l'eau et des biscuits, que la vieille femme engloutit d'une traite. Jeanne ne peut s'empêcher d'y voir un signe qu'elle a pris la bonne décision.

Le trajet se déroule sans encombre, mais ce n'est que lorsqu'ils arrivent en vue du panneau de sortie indiquant « Lourdes Tarbes Ouest Vic-en-Bigorre » que Jeanne se détend. Elle l'a fait.

En arrivant, ils garent la Ford sur un grand parking en haut du boulevard de la Grotte, un nom déjà encourageant. Lourdes s'étend devant leurs yeux. Ils ont atteint la Terre promise.

Jeanne aide Ginette à sortir de la voiture. La vieille dame, silencieuse, a le sourire aux lèvres. Jeanne lui referme avec précaution son manteau et lui resserre le foulard autour du cou, car le ciel est sombre et la température fraîche.

Elle s'inquiète, car le parking est un peu éloigné de la fameuse grotte ; il faudra marcher, et elle craint que Ginette ne s'épuise.

Lorsqu'ils arrivent en vue de la caverne, Lucas ne peut s'empêcher de rire.

— Non mais on dirait le Disneyland de la foi, sérieux ! À la place de Mickey et Donald, on a des bonnes sœurs et des curés ! C'est vraiment dingue ! Tu crois qu'on peut faire des photos avec eux ?

C'est vrai qu'ici, tout paraît tellement saugrenu ! De longues files d'attente se pressent devant la célèbre grotte où Bernadette Soubirous enfant a vu, à plusieurs reprises, apparaître la Vierge Marie.

Jeanne ne sait que penser. D'un côté, tout ceci ressemble à un cirque à ciel ouvert, une comédie qui ne tient que de l'attrape-touriste. De l'autre, elle voit des regards emplis d'une foi inébranlable, habités par l'espoir. Il y a de l'amour fou dans ces yeux, une flamme qui ne vacille pas.

En effet, devant la grotte s'étendent des bancs, tous occupés, et une multitude de malades en fauteuil roulant qui se recueillent avec ferveur. Ces éclopés de la vie qui croient au fameux miracle. Qui attendent qu'il se produise.

Mais qui ne renonceront pas à leur foi pour autant si celui-ci ne survient pas.

Jeanne se dit que ce doit être beau, de croire. Ça doit faire drôlement de bien dans l'adversité.

Elle ne s'est jamais vraiment posé la question. Elle a été élevée, comme de nombreux enfants, avec les cours de catéchisme le mercredi, qui lui offraient surtout une activité. Elle a fait ses deux communions. Pour faire plaisir à sa mère, qui lui avait rétorqué qu'elle n'avait pas le choix quand Jeanne avait osé émettre quelques doutes quant à l'utilité de faire sa communion solennelle.

— Que vont dire les gens ?

Cette réponse tenait lieu de fin de non-recevoir. La question ne se posait pas. Les gens en avaient décidé ainsi...

La communion avait donc eu lieu et cela avait semblé suffire. Elle avait payé son dû à la religion. Sa mère n'avait pas eu besoin de la faire rentrer au couvent par-dessus le marché.

Jeanne s'attarde sur les divers panneaux. Il est écrit que le dernier miracle recensé date de 2018. Elle pensait que tout ceci ne tenait que du folklore, de la légende. Que les miracles avaient eu lieu à une époque où les gens crédules avaient peut-être pu se laisser berner. Pourtant, c'est une sacrée pelletée de guérisons inexpliquées qui ont lieu par l'intermédiaire de cette terre. Entre 1858 et 2018, on comptabilise pas moins de soixante-dix miracles. Soixante-dix cas de rémission reconnus miraculeux par l'Église.

Jeanne ne peut s'empêcher d'imaginer une foule d'éclopés, le visage illuminé par la lueur divine, se lever comme un seul homme et courir en tous sens poussant des cris de joie. Quelque chose l'interpelle dans cette volonté de valider l'impensable. De rendre légitime l'inconcevable.

Lucas, lui, ne semble pas être habité par la grâce. Il commente à haute voix un prospectus qu'il vient d'attraper au vol.

— Le parcours est fléché, bien organisé. D'abord, tu fais un petit tour dans la grotte, histoire de voir si la Vierge Marie veut bien te taper la bise. Ensuite, tu te recueilles au milieu de la foule. Un bon moyen de faire des rencontres, ce truc, c'est bien mieux qu'un *speed dating* ! Je suis sûr que tu peux même échanger une jambe en bois contre un bras en plastique… Une fois que tu as communié en silence, tu peux aller boire un coup ! C'est Bernadette qui l'a dit, donc tu bois un canon et tu peux même t'en laver les mains si tu le souhaites. Ensuite, tu n'as plus qu'à déposer un cierge et à l'allumer pour que tous tes vœux se réalisent. C'est mieux que la lampe d'un génie, cet endroit ! Franchement, je ne comprends pas pourquoi je ne suis pas venu ici plus tôt ! Je suis sûr que tu peux même y guérir d'un bon gros rhume !

Jeanne sourit, mais ne veut pas prendre part à ses sarcasmes. Elle respecte la foi de toutes ces personnes. Elle s'extasie devant cette capacité à croire au merveilleux. Elle se sent frappée par ces détresses-là.

Ginette, quant à elle, paraît avoir compris où elle se trouvait. Et Jeanne, silencieuse, émue aux larmes, assiste à son propre petit miracle. Comme quelqu'un qui se réveille après un interminable sommeil, le visage de Ginette s'anime et ses yeux semblent se remettre à voir ce qui l'entoure. Son pas est plus pressé, plus déterminé. Elle ne se traîne plus. Elle avance. Elle a un but.

Jeanne lui serre un peu plus fort la main et elles entrent dans la longue file d'attente qui les mènera dans la grotte. Cette dernière abrite la source et une statue de Notre-Dame de Lourdes, installée précisément là où Bernadette pensait voir apparaître la Vierge Marie. Les touristes, jeunes et plus vieux, touchent les parois de la caverne comme on caresse un objet sacré.

Ginette a posé, elle aussi, la main sur la surface et fait le parcours jusqu'à l'intérieur sans la quitter du bout des doigts. Elle touche, pour de vrai, un rêve. Un mythe et sa foi.

Jeanne se tient à ses côtés et contemple sa joie. Lucas est sur leurs talons ; il traîne un peu la patte pour faire bonne mesure, mais ne perd pas une miette de l'émerveillement silencieux de la vieille dame. Il s'étonne même discrètement auprès de Jeanne de cette foule de tous âges, de tous sexes, qui se presse autour d'eux. Il est surpris de voir qu'il n'y a pas que des retraités.

À l'intérieur, la source est protégée par une immense paroi de plexiglas, cassant quelque peu l'aspect naturel des lieux. Ginette semble boire des yeux cette eau qui coule à travers la paroi et qu'on ne peut toucher. Jeanne est heureuse de la voir étancher là sa soif personnelle.

Lorsqu'ils ressortent au grand jour, Jeanne s'aperçoit que le ciel s'est bien assombri.

— Je crois que le bon Dieu a finalement remarqué ma présence impie en ces lieux, dit Lucas. Il nous réserve une sacrée saucée pour fêter ça !

Ils décident alors de filer se mettre à l'abri, au cas où, et s'orientent vers la basilique de l'Immaculée Conception. Lorsqu'ils y pénètrent, Jeanne fouille à l'intérieur de son sac afin de trouver des piécettes pour faire un don. Comme elle soutient Ginette d'une main, elle finit par renverser le contenu de son sac dans un fracas amplifié par l'immensité de la basilique.

Lucas s'empresse de l'aider à ramasser porte-monnaie, paquet de bonbons à la menthe et chéquier, lorsqu'il attrape le petit carnet rédigé à son attention par Raymonde.

Il le saisit précautionneusement et jette un regard à la fois troublé et déterminé à Jeanne.

— On dirait que le Bon Vieux me fait des signes. Je crois que je suis prêt.

33.

IL LIT LE CARNET.

Assis dans cette basilique.

Jeanne voit les larmes couler sur ses joues. Elle se tient assise sur ce banc inconfortable. Entre Ginette et Lucas. Entre la vie et la mort. Entre celle qui croit et celui qui ne croit plus en grand-chose.

En cet instant, elle se dit qu'elle a tenu ses promesses. Ginette est à Lourdes. Lucas découvre l'histoire de sa grand-mère.

Jeanne attend. Les minutes s'écoulent le long de son corps. Elle se sent transie de froid. Elle a peur. Elle est soulagée.

Elle entend le souffle de Ginette. Les pages qui tournent entre les doigts de Lucas.

Ginette semble partie loin d'ici, entre prière et mémoire. Dans un endroit qui n'appartient qu'à elle.

Lucas referme le carnet. Se lève. Sort de la basilique.

Jeanne hésite, puis finit par le suivre.

À l'extérieur, le ciel est de plus en plus menaçant. Noir. Prêt à exploser.

Elle cherche Lucas des yeux, mais ne le trouve pas.

34.

Je ne crois pas aux signes. Au sixième sens. Encore moins depuis ce jour-là. Car je n'ai rien senti venir.

On refait le film à l'envers et on comprend à quel point la plus anodine des décisions a pu bouleverser le cours des choses.

J'ai refait mille fois dans ma tête ce jour funeste et, mille fois, je me suis dit que j'aurais pu tout changer.

Ce jour-là, j'ai tué ta maman.

J'ai tué ma fille.

Je suis prise de tremblements au moment où j'écris ces mots. Je les dépose pour la première fois sur le papier. Ils ont dansé chaque jour de ma vie dans ma tête. Il ne s'est pas passé une seule journée sans que cette culpabilité ne vienne me frapper de plein fouet. À chaque instant de joie, à chaque sourire rencontré. Ce voile sur les années qui ont suivi fut ma pénitence. Et ce n'était pourtant rien face à ce que j'ai fait.

Ce jour-là, je devais te garder. Emma m'avait demandé si je pouvais venir le temps qu'elle aille faire quelques courses. Cela ne me dérangeait pas, c'était même un plaisir. Ce n'était pas la première fois, ce ne serait pas la dernière. Du moins, c'est ce que je croyais.

Au dernier moment, j'ai décidé de venir avec vous. Je voulais qu'on passe du temps tous ensemble.

Nous avons pris la route. Avec toi à l'arrière. Dans ton petit siège auto.

Autoritaire, comme je savais l'être, j'ai pris le volant.

Je conduisais trop vite. Comme bien souvent. C'est lorsque Emma m'a demandé de ralentir que cela s'est produit. Je n'ai vu le camion qu'au dernier moment. Je n'ai rien pu faire.

Il paraît que lorsque les pompiers sont arrivés sur les lieux, tu criais sur ton siège auto. Sans une égratignure. Sans un os brisé.

Je ne peux pas dire que j'en ai été soulagée, à l'époque. Il n'y a pas de degrés dans le désespoir. Une existence n'en rattrape pas une autre. Ta vie, pourtant si précieuse, ne pouvait pas annuler la perte.

Emma était morte et toi, tu ne le savais pas. Tu devenais orphelin de mère. Quelle horrible expression !

Roger a fait le déplacement pour les obsèques de sa fille. Il est venu avec sa nouvelle femme, mais sans ses enfants.

C'est Ginette qui me l'a raconté, car je n'ai vu personne durant cette journée. Je ne me souviens que très peu de ce jour que j'ai passé accrochée à son bras, la seule bouée que je tolérais encore.

Je ne comprenais pas comment je pouvais me réveiller jour après jour.

Je ne comprenais pas ce corps qui continuait de fonctionner.

Alors que j'étais morte avec elle.

35.

Lorsque Jeanne atteint la voiture, un fracas assourdissant vient ébranler le ciel. Suivi d'un éclair.

Elle ne voit pas Lucas. Elle pensait qu'après avoir lu les mots de Raymonde, il se serait rendu sur le parking pour les attendre et pouvoir déguerpir.

La première goutte de pluie s'écrase sur son front. Elle lève les yeux vers un ciel noir et angoissant. On dirait que la nuit tombe d'un coup. Et encore ce roulement de tambour qui vient la transir jusqu'à l'intérieur.

Jeanne sent la panique monter, projetée dans un drame qui n'est pas le sien. Mais dont elle est responsable par la force des choses.

Elle repart à la recherche de Lucas. D'un pas de plus en plus rapide. Elle commence même à courir dans les rues qui se vident, à mesure que les touristes s'agglutinent dans les boutiques d'eau bénite et de vierges en plastique pour s'abriter de la tempête qui s'approche.

La pluie commence à tomber vraiment. Ce sont de véritables seaux d'eau qui s'abattent sur elle. Les vêtements de Jeanne se plaquent contre sa peau. Son manteau s'alourdit. Pourtant, elle ne sent pas le froid la saisir. Juste cette fièvre. Cette recherche frénétique de Lucas. Dans cet endroit qu'elle ne connaît pas.

Elle court au hasard, revient sur ses pas, hésite et repart de plus belle, dans une course folle contre la peur.

Son cerveau rate un tour. Tout semble flou, tout devient fou. Tout paraît s'accélérer d'un coup. Les images. Les perceptions. Les odeurs. Les visages. Comme lorsque tout explose.

Lucas arrive sur elle comme un chasseur fond sur sa proie et elle s'échoue contre lui. Elle lui tombe dans les bras. Elle tombe tout court.

Il est aussi trempé qu'elle.

Elle n'en peut plus de courir. Il faut que cela se termine.

Ils sont tous deux au bout d'une course folle.

Lucas entraîne Jeanne à l'abri d'une devanture de magasin.

L'eau qui s'écoule sur son visage a un goût de sel. Elle pleure sans s'en rendre compte. Elle est épuisée en cet instant d'être la gardienne de tous ces secrets. D'être la mère de substitution de Lucas. D'être l'épouse envolée de Bernard. D'être la dépositaire des choses inachevées. D'être elle-même inachevée.

Deux canards mouillés. Cet homme et cette femme qui, un an auparavant, ne se connaissaient pas. Ils se retrouvent là, le cœur trop lourd de secrets qui n'étaient pas les leurs. À l'heure où sonne le glas et où il ne reste rien. Rien que de l'eau. Pour noyer le poisson et cacher le chagrin.

Jeanne se rend compte que cette virée à Lourdes prend des allures de fin de voyage. De fin d'une époque. Les miracles minuscules qui l'ont conduite ici semblent converger vers cette simple vérité. Tout s'achève maintenant. Quelle que soit la suite.

Lucas doit être en colère contre elle. Contre le monde entier. Et elle ne peut que le comprendre. Pourtant, elle ne peut rien contre ça. Il devra découvrir seul les émotions à venir. Elle n'a plus la force de porter quelqu'un d'autre qu'elle-même.

La pluie continue de tomber lorsqu'ils reviennent vers la basilique. Ils ne la sentent plus. Ils ne se connaissent presque plus.

36.

ALORS, JE SUIS DEVENUE FOLLE.

Quel autre choix, après ça ! Qu'est-ce qui a pu me maintenir en vie, si ce n'est l'hystérie ?

J'ai choisi l'exode. Enfin, je n'ai pas vraiment choisi. Je me suis laissé porter par la vie. J'ai fui en avant, c'est comme ça qu'on dit.

Je ne voulais plus voir le sourire de Ginette. Ses mots maladroits, pour me dire que ce n'était pas ma faute. Sa bienveillance que je ne méritais pas. Qui me donnait envie de la frapper, elle qui ne souhaitait que mon bien.

Elle me suivait partout. Je ne pouvais pas faire un mouvement sans qu'elle soit là.

Je sais qu'elle avait peur. Qu'elle ne pouvait rien faire d'autre que veiller sur ma pauvre existence qui n'avait plus aucun sens.

Ma vie n'était qu'un cri rentré. Je ne voyais plus rien. Je n'entendais plus rien. Je suis incapable de t'expliquer les jours, les mois qui ont suivi. Je ne me souviens pas. Car je n'étais plus là.

À ce moment-là, peu m'importait ce que j'allais devenir.

Ici, je croisais Emma dans toutes les jeunes filles blondes. J'avais des envies de fuite dans des contrées où je ne pourrais pas la confondre. J'imaginais des couleurs de peau, des chevelures, des façons de se vêtir complètement opposées.

Nous étions au début des années 1990 et un soir, je suis tombée sur un reportage qui a allumé une étincelle en moi.

Le journal évoquait un camp de naturistes dans le Doubs. Il parlait de personnes de tous horizons qui, l'espace de quelques jours, venaient profiter d'un abri verdoyant pour se ressourcer. Le reportage insistait sur le fait de ne pas juger son prochain. Juste un art de vivre, une envie partagée d'un certain retour à l'essentiel.

Je n'avais jamais pensé à ce mode de vie. Je n'avais pas d'avis particulier sur le sujet.

Pourtant, ce soir-là, devant cette télévision, je me souviens que quelque chose s'est allumé en moi. Trois fois rien. Mais pour la première fois depuis longtemps, une envie.

Alors je me suis renseignée. Et je suis partie vivre nue.

Maintenant, je sais que ce qui m'a tant attirée dans cette façon de vivre, c'est qu'elle était diamétralement opposée à tout ce que j'avais connu jusque-là. Il y avait là comme un appel à être libre mais surtout à vivre caché. Dans une autre humanité.

Je suis partie.

Ginette n'a rien dit lorsque je lui ai expliqué en quelques phrases déterminées mon projet. Elle comprenait que je veuille me retirer du monde tel que je l'avais connu.

J'ai ainsi passé quelques années au sein d'une sorte de communauté dans le sud de la France. Évidemment, il ne s'agissait pas d'être perpétuellement à poil, les hivers sont rigoureux ; mais j'ai ainsi pu me cacher de toutes les personnes que j'avais connues et, peu à peu, j'ai retrouvé l'envie de me lever le matin.

Comme tout ce que je fais, je me suis lancée à corps perdu dans cette expérience d'un nouveau genre. Je suis devenue une figure des « cucus blancs », comme je m'amusais à nous appeler. À la belle saison, nous offrions aux citadins en mal de nature l'opportunité de venir vivre au grand air, en toute légèreté. J'ai rencontré des babas cool, des chefs d'entreprise stressés, des familles joyeuses et quelques êtres, comme moi, qui avaient besoin de fuir quelque chose.

Je n'avais pas eu besoin finalement de partir bien loin pour fuir la réalité. Je vivais dans un monde à l'extérieur du monde.

De ces années-là, je n'ai gardé aucun contact. Je ne me liais pas même si je partageais des histoires de vie, des parenthèses, avec tous ceux qui, pour une période plus ou moins longue, venaient se réfugier parmi nous.

J'étais là-bas, je crois, pour expier aussi. Je ne sais pas comment te l'expliquer, mais je ne me donnais pas le droit d'être réellement entourée. Je devais être seule, tout en menant tambour battant ce petit monde, car c'était dans mon caractère de diriger les choses.

Et puis, il y a eu ce matin où j'ai rencontré un petit garçon. Il devait avoir quatre ans, je ne sais pas vraiment. Il m'a demandé si j'étais la mamie de quelqu'un. En toute innocence. Comme ça. Et je n'ai pas su lui répondre.

Pourtant, ce matin-là, face à ce petit bonhomme, je me suis réveillée.

L'image est belle lorsque je la revois en cet instant, car elle colle à ton histoire. Je crois qu'un petit prince est descendu de son astéroïde, en ce drôle de matin, pour me ramener.

J'ai su que je devais rentrer.

Pour toi. Pour te voir. Mon Lucas.

Pour te rencontrer une nouvelle fois.

37.

LUCAS REGAGNE LA BASILIQUE, serrant contre lui une Jeanne trempée jusqu'aux os. La pluie diluvienne qui tombe sur Lourdes lui a comme remis les idées en place.

Ginette n'a pas bougé de son banc. Il s'assoit, en silence, à ses côtés.

Jeanne adresse un sourire usé à Lucas et va s'asseoir à l'autre extrémité du lieu saint, au premier rang, comme pour s'isoler un peu.

Alors Ginette ouvre la bouche.

— Dieu habite dans un cœur brisé.

— Pardon ? Qu'est-ce que tu as dit, Ginette ?

Ginette se racle la gorge et répète, un peu plus fort. La voix enrouée de n'avoir plus prononcé un mot depuis longtemps.

— Je dis que Dieu habite dans un cœur brisé, Lucas. C'est un passage de la Bible.

— Je ne crois pas en tout ça, Ginette. Tu le sais. Je suis comme Raymonde. Je n'y crois pas, à ton Bon Vieux.

Le sourire de Ginette se fait plus profond. Mystique.

— Je ne te demande pas de croire, Lucas. Je te dis juste quelque chose qui me semble vrai. Qui me rappelle Raymonde. Que j'aimerais que tu comprennes.

— C'est joli, en tout cas. Ça ferait une belle chanson...

— Oui, tu as raison, mon petit. Imagine, alors, que c'est un extrait de chanson. Peu importe d'où viennent les mots, tant qu'ils font du bien. Un livre, un poème, une lettre, un refrain. Les hommes ont tant de moyens de se raconter... De se consoler...

Lucas est retombé dans la contemplation du carnet qu'il tient entre ses mains. Sur ce « Lulu », écrit d'une plume d'écolière appliquée.

Il caresse du bout de son index le tracé de sa grand-mère. Il ne peut s'empêcher d'évoquer le moment où elle a esquissé ces lignes et où elle était encore parmi eux.

Il sent les larmes venir.

— Je ne savais pas qu'elle s'était cachée pendant toutes ces années. Je ne vois pas mon enfance sans elle. Je ne garde aucun souvenir de son absence.

— Il fallait qu'elle s'en aille. Pour pouvoir revenir. Elle serait heureuse de constater que son départ n'a pas laissé de trace. Elle s'en est tellement voulu de ce qu'elle prenait pour un abandon. Alors qu'elle partait à sa propre rencontre. Elle seule connaît le chemin qui lui a donné le courage de revenir... Elle m'écrivait de sa retraite, une fois par an, une carte de vœux, pour que je sache qu'elle avançait, qu'elle était vivante.

Ginette s'exprime d'une voix claire, égale. Ses paroles résonnent sous la nef immense. L'instant prend des allures de réminiscence alors qu'il n'est pas encore terminé.

— Elle en parle un peu dans ses écrits. Tu connaissais l'existence de ce cahier, toi, Ginette ?

— Non. Mais je me doutais que, d'une manière ou d'une autre, Raymonde te raconterait un jour tout ça. Il aura fallu attendre qu'elle quitte cette Terre pour que tu saches tout.

— Elle aurait pu me dire pour maman. M'expliquer. Je ne lui en aurais pas voulu. Je ne lui en veux pas. Comment peut-elle croire qu'elle est responsable ? C'était un accident.

— Comment ne pouvait-elle pas croire le contraire ? murmure Ginette, émue. Ton père la tenait pour responsable.

Pourtant, il t'a permis de la connaître. Il vous a laissés vous apprivoiser. De loin. Car il n'était pas capable de pardonner à Raymonde. Le pauvre homme est tellement seul. Depuis si longtemps.

Lucas serre les poings à l'évocation de son père.

Ginette reprend :

— Ton père s'en veut tellement, Lucas... Tu n'as pas idée. Il ne se pardonne pas de t'avoir laissé tomber.

— Qu'est-ce que tu en sais ? souffle-t-il.

— Je le sais, oui. Il venait me voir lorsque j'étais encore chez moi. Pour des prétextes, comme s'il passait là par hasard. Et il buvait chacune de mes paroles à ton sujet. L'air de rien, je lui donnais de tes nouvelles. Je savais qu'il était là pour ça. Alors, je ne me faisais pas prier. Je lui faisais mon rapport, je détaillais tout ce que je savais de ta vie.

— Quel gâchis...

Décidément, Lucas pleure beaucoup ces derniers temps. Ces larmes ne sont qu'une goutte d'eau dans l'immensité de celles que Raymonde n'a pas versées. C'est ici, dans ce lieu sacré, qui l'impressionne et l'apaise malgré lui, qu'il prend la mesure des combats menés par Raymonde. Et de ces erreurs d'appréciation. Aveuglée par une culpabilité qui occupait toute la place. Car elle n'avait pas eu la possibilité d'exprimer tout ce qui la hantait de vive voix.

Il se sent privilégié. Pourtant, un ressentiment sourd commence à battre à nouveau dans son ventre.

— Il ne faut pas que tu sois en colère, Lucas. Je crois que chacun d'entre nous a présumé de tes forces. À trop vouloir te protéger, nous t'avons blessé.

— Jeanne doit être inquiète. Elle doit se sentir responsable. Et elle a sans doute raison. Elle aurait dû m'obliger à lire ce carnet bien plus tôt ! Puisqu'elle était complice de ce jeu...

— Tu ne peux pas lui reprocher tes propres tergiversations !

Lucas a l'impression d'être redevenu un gosse qui se fait tirer les bretelles. De toute sa vie, il n'a jamais entendu

Ginette hausser la voix. Pourtant, un feu semble couver sous ses yeux mi-clos.

Ginette prend une grande inspiration et reprend :

— Tu vas être en colère contre toi-même. Tu vas être en colère contre le monde, et tu en as le droit. Mais ne te trompe pas de cible, Lucas. Jeanne est présente à tes côtés, c'est une alliée. Elle se bat. De toutes ses forces. De toute sa gentillesse. Et ne crois pas que c'est une faiblesse. C'est une grande force, au contraire. Une force de l'âme. Il est plus facile d'être égoïste, de se trouver des rancœurs, pour ne pas affronter les gens, pour ne pas les aimer. Pour ne pas affronter ses propres manques. Vous vivez dans un monde où la gentillesse est une insulte. Dire de quelqu'un qu'il est gentil tient presque de la moquerie. Il y a de la niaiserie dans la gentillesse de votre époque.

— Pourquoi tu dis « votre époque »? C'est la tienne aussi…

— Non, Lulu. Ce n'est plus la mienne. Mon époque est révolue.

Le sourire à la Mona Lisa est revenu. Les inflexions tendres reprennent du service, et Lucas est soulagé. Il n'oubliera pas de sitôt les remontrances de Ginette.

— Il arrive un âge où on ne peut qu'observer. On assiste au bal, mais on ne danse plus. Nous n'en avons plus les moyens, nous n'en avons plus la force. La cadence est trop rapide. Alors on écoute d'une oreille défaillante, on observe sans voir, avec nos lunettes à triple foyer. Les choses vont trop vite, elles nous laissent un peu sur le côté, on sent que notre temps est révolu. Qu'il ne reste qu'à attendre le grand final.

Lucas se rend compte que Ginette a passé sa vie à braquer la lumière sur Raymonde. Il prend conscience qu'il s'agissait bel et bien d'un choix de la part de cette femme si brillante, tellement bienveillante. Afin de mettre en scène sa grand-mère. De la rendre encore plus spectaculaire, pour qu'elle puisse se trouver exceptionnelle…

Elle était là, la véritable amitié. Le véritable amour. Dans cette façon de s'effacer sans bruit.

Comment a-t-il pu être aussi injuste avec Jeanne, ces derniers mois ? Comment ne l'a-t-il pas vue se débattre pour lui ?

Lorsqu'il se met quelques instants à sa place, il comprend l'ampleur de la tâche accomplie par ce petit bout de femme. Il entend le fracas des murs qui se sont écroulés en elle pour pouvoir être la dépositaire de tous leurs secrets, de tout leur mal-être.

— Cette Jeanne est une vraie sainte, finit par lâcher Ginette en soupirant. Mais il va falloir que quelqu'un se penche un peu sur son berceau. Elle aussi a droit à un miracle…

Ils tournent tous deux alors le regard vers le banc où Jeanne, épuisée, vient de s'endormir.

38.

JE SUIS REVENUE.

Je n'étais pas guérie. J'avais compris que je ne serais plus jamais la même, mais que j'allais vivre. Contre vents et marées. Parce qu'un petit garçon m'attendait.

Mon petit-fils.

Tu existais, mon Lucas, et je me souvenais soudain que tu devais continuer d'être un enfant quelque part. Jusqu'au jour où t'imaginer grandir sans moi me parut enfin odieux et insupportable.

Tu m'as ramenée sur mes pas. Je t'avais laissé dans un berceau de verre. Dans un hôpital. Après l'accident. Et je rencontrai un petit bonhomme à la blondeur insolente et au sourire magique.

Je me suis approchée comme d'un animal fragile. Je ne savais pas comment m'adresser à toi. Tu me terrorisais autant que tu m'émerveillais. Toi, en qui je retrouvais le regard d'Emma.

Tu m'as regardée. Inquiet. Puis tu as souri.

Et je suis tombée à la renverse.

Tu t'es assis sur mes genoux. Tu as mis ta toute petite main sur mon visage. Ta petite main, fragile et conquérante. Traçant une ligne imaginaire sur ces rides qui s'étaient creusées, encore plus profondes.

Tu as ri. Et Emma aussi, à travers tes yeux.

— Tu es vieuse, madame. Tu as des traits sur la figure.

J'ai souri. Véritablement, pour la première fois depuis des années.

— Je suis vieuse, oui, Lucas. Je suis une vieille toupie.

Tu as encore éclaté de rire.

— Ne pleure pas, madame. T'es un peu belle quand même.

J'ai ravalé mes larmes. Je ne voulais pas que tu sois triste, alors j'ai ri avec toi. Et puis tu me trouvais un peu belle, c'était important pour moi.

Ton père, en retrait, a lâché qu'il repasserait te chercher en fin d'après-midi.

Il ne m'a rien dit. Il devait en être incapable.

J'ai juste levé les yeux vers lui. Comme on remercie.

Il a fait volte-face et, d'un pas décidé, il est retourné vers sa voiture et s'en est allé. Ton père, ce jour-là, a dû surmonter bien des douleurs pour nous laisser nous rencontrer. Pour me laisser une place dans ta vie. Il a été héroïque. Je n'avais qu'à m'incliner.

Je ne veux pas te forcer la main ni te dire ce que tu dois faire, mon Lucas. Mais ton papa a eu bien des fardeaux à porter. Sa peine était incommensurable. Il aimait tellement ta mère. Ils s'étaient découverts.

La première fois qu'elle me l'avait présenté, je les avais trouvés si désassortis. Elle si vivante, et lui si taciturne. Il avait un côté sauvage, je l'appelais en me moquant gentiment « l'homme des bois ». Ma belle et sa bête.

Ça a toujours été le problème de ton père. Un vrai sauvageon, enfermé dans sa souffrance. Il ne savait pas comment revenir vers toi. Pourtant, il regrettait, il avait honte. Tu ne le sais pas mais il m'envoyait de l'argent. Depuis que tu vivais à la ferme. Il payait le loyer en quelque sorte. À sa façon, il ne m'a pas laissé le choix. Il voulait faire quelque chose pour toi. Il voulait payer ses erreurs. J'en suis sûre. Sauf qu'il ne savait pas comment se faire pardonner. Il n'a jamais cessé de t'aimer.

Je ne me souviens plus ce que nous avons fait ensemble durant cette journée, toi et moi, Lucas.

Nous nous sommes retrouvés. Et en même temps, nous nous sommes trouvés.

Je crois que j'ai passé des heures à te contempler. À te voir vraiment. À me rendre compte à quel point tu touchais les étoiles. À quel point tu confinais au merveilleux ! À quel point quelqu'un qu'on ne connaissait pas pouvait vous avoir manqué chaque seconde de votre vie !

Je n'ai jamais pu cesser depuis.

De te regarder. De te surveiller. De me nourrir de toi. Avec gourmandise, avec appétit. Avec jalousie aussi. Tu étais, tu es, mon trésor si précieux.

J'écris ces mots et je sais que tu es rentré du travail. Ton scooter est garé dans la cour et je suis rassurée.

Depuis l'accident de ta maman, je n'ai jamais pu reprendre le volant. Tu souffres de la même angoisse. Tu comprends mieux, maintenant, pourquoi.

Essaye un jour, peut-être. Ou pas. Fais comme tu veux, mon tout-petit. Il n'y a que toi qui saches de quoi tu es capable, ce dont tu as envie. Nous ne sommes pas obligés de nous battre contre toutes nos névroses. Certaines ont peu d'importance, finalement.

J'avais tellement de choses à te dire. Je n'en ai plus le temps.

Jeanne sera là, avec toi. Pour un temps, j'imagine. Personne ne reste indéfiniment à nos côtés dans la vie. Je lui fais confiance pour te remettre ce carnet, d'une manière ou d'une autre. Pour te donner un peu la main.

Je ne te laisse pas seul. Et surtout, j'ai foi en toi. Je sais.

À demain. Peut-être.

Mamie de la ferme

SOUVENIR D'ENFANCE

LUCAS A CINQ ANS.

Il y a cette vieille dame qu'il ne connaît pas qui se tient devant lui. Son père est là. En retrait. Silencieux.

— Tu es vieuse, madame. Tu as des traits sur la figure.

Elle le regarde avec des yeux qui brillent. Elle pleure un peu, on dirait.

— Je suis vieuse, oui, Lucas. Je suis une vieille toupie.

Lucas rit, car il a compris.

— Ne pleure pas, madame. T'es un peu belle quand même.

Cette dame est une fée. Il le sait.

Mais il gardera le secret…

39.

Il avait bien fallu rentrer. Le trio de fugitifs s'était retrouvé dans le bureau de la directrice de la maison de retraite. Ils s'étaient fait remonter les bretelles, s'évitant du regard pour ne pas se mettre à pouffer comme de vrais garnements, face aux remontrances interminables de la gardienne des lieux.

Heureusement, ayant retrouvé l'usage de la parole, Ginette avait longuement plaidé la cause de ses deux kidnappeurs et personne n'avait engagé de poursuites. L'amélioration subite et inexplicable de l'état de la vieille dame avait suffi à mettre tout le monde d'accord.

Après l'épisode de Lourdes, Lucas semblait vouloir en permanence faire plaisir à Jeanne. Il n'était pas rare qu'il toque à sa porte, le matin, un plateau entre les mains pour un petit déjeuner gargantuesque. Il l'abreuvait de compliments qui tombaient souvent comme des cheveux sur la soupe dans leurs conversations. Il veillait à lui rendre service le plus souvent possible dans les gestes du quotidien.

Jeanne était touchée par toutes ces marques d'affection même si cela la mettait un peu mal à l'aise. Elle n'était pas habituée à être ainsi chouchoutée et ça lui paraissait complètement incongru. Elle ne pouvait s'empêcher, malgré tout, d'en retirer un certain bien-être, un sentiment de fierté pas désagréable du tout. Elle avait honoré sa promesse. Elle ne savait pas très bien ce que le futur lui réservait, mais indéniablement, elle faisait enfin confiance à celle qu'elle comptait devenir, heureuse de s'appartenir enfin.

Un soir où ils discutaient ensemble de l'avenir de la jeune femme, Lucas avait lancé :

— Tu ne peux plus être dame de compagnie, Jeanne, mais j'ai peut-être une idée... Pourquoi tu ne bosserais pas à Super U ?

— Ils ne me prendront jamais. Je n'ai aucune expérience ! Si ce n'est celle de faire les courses dans leurs allées ! Je connais l'emplacement exact du lait, de la farine et des œufs...

Elle avait conclu ainsi la discussion d'un haussement d'épaules mais Lucas ne s'était pas avoué vaincu. Il avait une idée derrière la tête et elle n'allait pas jouer uniquement sur l'avenir professionnel de son amie.

Il fallait qu'il fasse quelque chose pour celle qui avait tant fait pour lui. Il devait lui obtenir ce job. Il devait bousculer les choses. Ne serait-ce que pour que Raymonde ne vienne pas le hanter dans ses cauchemars pendant les dix prochaines années.

Il s'était donc rendu dans le supermarché et en avait profité pour en toucher deux mots à Samir, le seul employé qu'il connaissait un tant soit peu, en lui expliquant que Jeanne, la dame de compagnie de Raymonde, cherchait un nouvel emploi.

Samir n'avait rien promis et s'était contenté de prendre le CV que Lucas avait rédigé dans le dos de Jeanne.

Le lendemain, elle recevait un coup de fil pour un entretien qui se déroula plus que bien puisque la femme lui proposa de commencer dès le lundi suivant.

— Vous avez été chaudement recommandée par un employé modèle, et j'ai une totale confiance en lui !

Et Jeanne, l'adepte des caisses automatiques, avait pris place, à son tour, derrière le tapis roulant.

Samir s'était chargé de sa formation et avait passé une journée entière avec elle. Patiemment, il lui avait montré les gestes, les automatismes à avoir, les vérifications à faire.

Économe de mots, il allait à l'essentiel et lui donnait ses astuces face aux clients mal aimables ou ceux trop sympathiques, qui pouvaient faire s'allonger la file d'attente, peu pressés de rentrer chez eux. Jeanne, à son grand étonnement, avait rapidement pris le pli : la jeune femme craintive qu'elle avait été quelques mois plus tôt s'épanouissait maintenant qu'elle se sentait utile.

Les premiers jours de cette nouvelle vie professionnelle s'étaient écoulés rapidement jusqu'à ce moment où Samir était venu se planter devant sa caisse, alors qu'elle était en train de scanner les articles d'un couple de retraités impatients. Il avait contourné les vieux grincheux et s'était planté à côté d'elle, avec un air très sérieux, comme s'il avait répété longtemps ce qu'il s'apprêtait à lui dire :

— Tu es belle. Tu es belle et tu ne le sais même pas. Belle de laisser toujours passer les autres avant toi. Ça t'est déjà passé par la tête que tu avais le droit d'être heureuse ? Tu es belle, Jeanne. Belle de ne pas dissimuler. On voit sur ton visage chaque émotion qui te traverse. Tu ne sais pas mentir et ça ne te vient même pas à l'esprit, d'ailleurs. Tu es belle, un point c'est tout, et si tu me donnes l'autorisation, j'aimerais beaucoup t'embrasser…

Jeanne s'était retrouvée les bras ballants, le cerveau en feu face à cette déclaration inattendue. Elle n'avait pu que fixer Samir, stupéfiée.

Face à cette absence complète de réaction, Samir avait tenté de faire machine arrière :

— Je suis désolé, ça ne se fait pas, ce que…

Comprenant qu'elle était en train, encore une fois, de passer à côté de ce qu'elle désirait au plus profond d'elle-même, Jeanne l'avait alors interrompu et avait approché, dans un bel élan, son visage du sien. Et c'est après avoir manqué d'échanger un coup de tête avec sa dulcinée, tout en maladresse et en jolie précipitation, que Samir avait fini par déposer un baiser sur les lèvres de la jeune femme.

La première chose qui avait traversé la tête de Jeanne, c'était que Samir ne l'avait pas embrassée sur le front.

Lorsqu'il avait relevé la tête, elle avait ri. Oubliant, comme jamais cela ne lui était arrivé, où elle était et ce que les autres pouvaient penser.

— Merci bien ! s'était esclaffé Samir. Je t'embrasse et ça te fait rire, c'est sympa !

Elle l'avait alors attrapé par le cou et lui avait offert un vrai baiser de cinéma, là, au milieu du supermarché, devant les yeux des clients ébahis. Une jeune femme, enceinte jusqu'aux yeux, s'était mise à applaudir, suivie par quelques autres clients, tandis que le couple de retraités impatient détournait le regard, en grommelant, pour ne pas assister à cette démonstration indécente.

Les deux tourtereaux avaient repris aussitôt leur activité avant que quelqu'un ne prévienne la direction du magasin. Il ne manquerait plus qu'ils se fassent virer.

Après ce baiser, ce sont des milliers d'autres qui suivent. Des milliers de milliers.

Elle passe tout son temps libre à découvrir Samir. À se nourrir de lui, de tout ce qui l'anime.

Jeanne découvre des sentiments qu'elle aurait cru ne jamais ressentir. Elle a la sensation d'être à la fois une adolescente maladroite et la plus passionnée des amantes. Ce grand gaillard d'environ un mètre quatre-vingt-dix, dont les bras tatoués en intégralité continuent d'impressionner la jeune femme, devient peu à peu indispensable. Lorsqu'il parle, il a ces accents du garçon grandi dans les rues moins bien fréquentées des quartiers populaires de Toulouse.

Il a parfois le regard noir de ceux qui ont une revanche à prendre sur le destin. Puis, quelques secondes plus tard, il a les yeux de velours d'un séducteur. Ce feu qui couve en lui fascine Jeanne qui, peu à peu, apprivoise le tigre.

Il lui raconte ses tatouages, ses instantanés de sa vie gravés sur sa peau. Il se dévoile avec la sincérité de ceux qui ne parlent jamais pour ne rien dire.

Il rêve de quitter la France et a confié à la jeune femme qu'un jour, il partirait vivre à Montréal. Parce que là-bas, tout est possible. Parce que là-bas, quelque chose l'attend, peut-être. Parce qu'au fil des années, il a étudié ce pays, ses habitants, ses perspectives. Il semble le connaître comme s'il y avait passé toute sa vie sans en avoir jamais foulé le sol.

Jeanne est heureuse de se frotter à cette nouvelle vie.

C'est tout un monde qui s'ouvre à elle. Ce monde qui lui paraissait si effrayant. Elle se rend compte qu'elle peut enfin évoluer à l'intérieur de cette société qui l'inquiétait tant. Elle se sent à sa place, comme miraculée de celle qu'elle a pu être.

Bernard est définitivement sorti de son paysage.

Leurs conversations téléphoniques se raréfient, il semble avoir pris son parti de la situation. Jeanne est soulagée de ne pas avoir à penser à lui.

Pour une fois, elle ne pense qu'à elle. À elle seule et un peu, beaucoup, à son tatoué de Samir.

SOUVENIR D'ENFANCE

SAMIR A HUIT ANS.

Il a reçu une lettre de son papa. C'est le tout premier contact qu'il a avec lui. Il ne le connaît pas.

Son père vit au Québec, à Montréal précisément.

Il a joint une photographie de sa nouvelle famille et Samir comprend qu'il a une petite sœur maintenant.

Le petit garçon déchire la lettre, et se jure que jamais il n'ira le voir là-bas. Jamais.

Il ne peut se résoudre pourtant à jeter la photo qu'il glisse sous son oreiller, comme un secret honteux.

40.

L'AÉROPORT EST BONDÉ. Et le cœur de Lucas prêt à déborder.

Ils sont arrivés en avance. Pour avoir le temps. Pour pouvoir encore un peu parler de tout, de n'importe quoi.

— Tu es sûre de toi ? demande Lucas pour la centième fois depuis une semaine.

— Je ne suis absolument sûre de rien, Lucas. Et c'est ça qui me fait tellement de bien. Je ne sais pas.

— Il fait froid là-bas, tente une dernière fois le jeune homme.

— Justement, j'aime le froid. Et puis, une personne extraordinaire m'a dit un jour qu'on devait désobéir, et depuis, je m'applique à écouter ce conseil. On ne sera pas vraiment séparés, tu sais. Où qu'on aille, il y aura toujours un feu d'artifice quelque part pour nous rappeler à quel point tout ça tient à pas grand-chose…

Lorsqu'elle se retourne, elle aperçoit au loin Samir passer les portes vitrées de l'aéroport. Samir. L'homme de sa vie, peut-être. Ou celui de quelques jours, quelques mois. Peu importe puisque, pour l'instant, il est là.

Et ils partent tous les deux. À Montréal. Pour avoir des réponses et peut-être de nouvelles questions.

C'est elle qui avait lancé ça un soir où ils étaient tous deux étendus sur le lit, dans l'appartement de Jeanne, dans cette ferme qui dorénavant abritait leur amour naissant.

— J'ai l'impression d'être une nouvelle femme. Je ne suis plus officiellement une Jambon, à compter de ce jour… Et je ne veux plus jamais en redevenir une !

— Tu n'as rien à craindre de ce côté-là, Jeanne. Tu sais que je ne mange pas de jambon, moi…

Pince-sans-rire, Samir la faisait toujours éclater de joie.

— Et si on partait ? avait-elle proposé. Si on faisait nos bagages, toi et moi ? Je crois que c'est l'heure… Et je connais un mec pas mal du tout qui rêve d'aller rencontrer les caribous…

Il l'avait serrée dans ses bras. Il n'avait rien dit et pourtant il avait tout compris.

— Allez, barrez-vous maintenant, j'ai d'autres chats à fouetter, moi !

Lucas essaye de ne pas se mettre à pleurer. Il a versé trop de larmes ces dernières années et, en vérité, il se sent terriblement heureux pour le petit couple naissant.

Il prend une dernière fois son amie dans ses bras et donne ses ultimes recommandations à Samir, en lui promettant de le retrouver jusqu'au bout du monde s'il quitte sa Jeanne une seule seconde des yeux.

Après avoir déposé les tourtereaux, il reste à Lucas une dernière destination à visiter, en cette journée particulière.

Lucas n'aurait jamais cru revenir dans cette maison.

La dernière fois qu'il en avait franchi le seuil, il ne savait pas qu'il ne remettrait pas les pieds ici avant de nombreuses années.

Il avait déposé une partie de lui à l'intérieur de ces murs qui l'avaient vu grandir. Il y avait laissé ce gamin, un peu rêveur, un peu solitaire, et il ne pensait pas qu'il ressentirait un jour le courage ou la folie de revenir sur ses pas.

Rien que le fait de se retrouver sur le perron de cet endroit fait battre son cœur très fort. Trop fort. Il a besoin de souffler avant de frapper à la porte. Il doit calmer les martèlements dans sa poitrine. Il doit rester courageux.

De l'extérieur, les lieux n'ont pas changé. Ils semblent juste moins vivants. Moins réels encore que dans ses souvenirs. L'herbe a poussé, les ronces aussi. Comme si son père ne se donnait plus la peine d'entretenir un endroit déjà mort.

La maison d'un homme seul. À la façade abîmée. Aux fenêtres qui auraient bien mérité un coup de peinture. Cette allée où on ne distingue plus les pierres, mangées par la mousse et le chiendent.

Dans le jardin abandonné, il reste ce portique tout rouillé auquel pendouille tristement une balançoire. Celle-là même où Lucas s'accrochait très fort en hurlant de joie et de peur, poussé dans le dos par son père hilare qui l'exhortait à bien s'accrocher. Pendant que Lucas s'élevait « plus haut que le ciel ».

Pousse-moi, papa ! Pousse-moi ! Je veux aller plus haut que le ciel ! Plus vite ! Plus fort !

Lucas entend les échos de cette enfance qui s'écoule ce matin comme une hémorragie de sa mémoire. Les sensations, les odeurs. Ce vertige, cette ivresse de s'envoler au-delà des nuages.

Il n'était pas parti de son plein gré. Il avait dû fuir. Il n'avait tué personne. Il n'avait pas fait de mal. Il avait juste décidé, un jour funeste, de dire sa vérité. Celle qui n'est pas bonne à entendre, car elle avait brisé les images d'Épinal dans la tête de son père. Cette vérité qui détruisait les clichés tout faits que l'on se fait inconsciemment sur ses enfants.

Lucas frappe trois coups. Comme au début d'une pièce de théâtre. Le commencement de quelque chose.

Et son père ouvre enfin la porte.

ÉPILOGUE

La ferme n'a pas changé. Pourtant, tout est différent. Jeanne ne sait pas si elle va arriver à sortir de la voiture louée pour l'occasion. Tellement d'émotions la submergent en revenant dans ce lieu. Les jours qu'elle a passé ici l'ont transformée.

Elle finit par quitter la voiture. Samir l'attrape par la taille et l'enlace. À son contact, tout rentre dans l'ordre.

Elle n'est pas revenue ici depuis des années. Tout est à sa place. Rien n'est pareil.

C'est un jour de fête. De batailles gagnées. Si la vie est une guerre, elle offre des trêves inoubliables. Et des sourires que l'on n'oublie pas, non.

Lucas se marie.

Benjamin, son futur époux, vient à leur rencontre sur le chemin. En le voyant pour la première fois, Jeanne comprend immédiatement tout ce que Lucas a tenté de lui expliquer.

Le jeune marié brille littéralement de bonheur. Beau comme un astre.

Il a en même temps le charisme d'un acteur américain et l'espièglerie d'un gamin de quatre ans au fond des yeux. Ça lui rappelle quelqu'un, d'ailleurs, et Jeanne ne peut s'empêcher d'être bouleversée.

Elle l'aime tout de suite, sans réserve aucune.

Benjamin les salue avec chaleur :

— Je suis vraiment heureux de te rencontrer enfin, Jeanne. Lucas va être aux anges, son témoin est là ! La fête peut réellement commencer ! Il m'a tellement parlé de toi. Tu sais que tu es son héroïne !

Jeanne rit de bon cœur. Rougit de fierté. Et en même temps, c'est un immense soulagement qui lui étreint la poitrine. Lucas a fait le bon choix. Elle le sait immédiatement, elle le sent dans ses tripes.

Raymonde arrive alors sur la pointe des pieds dans un coin de sa tête et lui glisse à l'oreille :

— Il est beau comme un cierge de Pâques. Il ne s'emmerde pas, mon Lulu !

La journée s'écoule beaucoup trop vite entre les rires, les coups de fourchette et les yeux qui brillent. Le bonheur a décidé de s'attarder quelques instants sur la vieille ferme.

— Ma Jeanne, je suis heureux, lui dit Lucas. Pour de vrai. Et je m'en rends compte, je le savoure, ce bonheur. Je crois que j'ai grandi. Un peu. Beaucoup, qui sait…

— Pas trop, j'espère, Lucas. Pas trop. Si jamais c'était le cas, tu sais où me trouver, je serai là pour te rappeler à l'ordre.

Elle le prend dans ses bras et elle sent, à ce moment-là, le chemin parcouru.

Dans la soirée, lorsque des dizaines de fusées multicolores éclatent dans le ciel, Jeanne est immédiatement transportée en d'autres temps, sous ce même ciel d'étoiles artificielles. Un 14 juillet, quelques années auparavant…

Les feux d'artifice s'enflamment et retombent en pluie scintillante dans la nuit, comme au diapason avec la journée qui s'achève.

À cet instant, les absents se mêlent aux vivants et tout le monde est réuni.

Ginette est assise à une table. Elle a sa main posée sur l'épaule d'un homme que Jeanne n'a jamais rencontré, mais qu'elle a aussitôt reconnu. Le père de Lucas.

Il est là. Plutôt mal à l'aise, un peu à l'écart, mais bel et bien présent. Preuve que parfois l'eau coule vraiment sous les ponts de nos vies.

Lucas se retourne et adresse à Jeanne un clin d'œil au moment du bouquet final. Il forme sur ses lèvres un « merci » silencieux.

Jeanne en rosit de bonheur et serre la main de Samir à lui briser les phalanges. Son amant lui sourit. Jeanne lui offre un baiser tendre et rempli de tout l'amour qui semble palpiter en elle.

Elle se lève alors et se dirige discrètement vers l'immense table où se dresse une multitude de paquets enrubannés de toutes les tailles. Elle y dépose un objet.

Une boule à neige comme un petit miracle.

REMERCIEMENTS

Parce que grandir, c'est dire merci.

Merci :

À mes parents, pour m'avoir permis de grandir en beauté. Vous êtes extraordinaires. Merci follement.

À ma grande petite sœur, Aurélie, pour l'enfance et les jours d'après… Et pour tes culottes au fond du jardin… Merci pour toi.

À Mélissa, ma Mélichou, un jour tu seras grande et tu liras cette histoire, mais prends ton temps, surtout… Merci pour tes mots d'enfant. Je t'embrasse, même si tu n'aimes pas les bisous !

À l'homme que j'aime, mon Pacsou, mon Benjito, mon Benjamin, mon merveilleux hasard. Merci pour cette vie hors du commun. On l'a fait !

À Maud, Lidwine, Clarisse, votre amitié est un cadeau et votre belle énergie une inspiration. Merci.

Aux fées, blogueuses et amies de talent qui se sont penchées sur mon berceau afin de m'offrir leur si beau regard : Sonia, Jenna, Isabelle, Bénédicte, Stéphanie, Claire, Audjan. Merci oh merci.

À Danaé, et aux équipes des éditions Charleston, de m'offrir leur confiance, leur savoir-faire et leur bonne humeur si communicative. On ne peut que remercier ceux qui ont l'audace de croire en nous.

À Manon, mon éditrice d'amour, pour être partie avec moi sur les chemins de cette campagne que j'aime tant. Parfois, je me réveille encore la nuit et je t'entends crier « Show, don't tell » dans le noir. Merci infiniment d'avoir si bien compris où je voulais aller et de m'avoir éclairé la route.

À l'équipe de Librinova, là où tout a commencé, et en particulier, à Mathieu et Andréa, mes anges gardiens. Merci d'avoir veillé sur mes rêves d'enfant.

À Anne-Gaëlle Huon, pour m'avoir offert son amitié et son regard si tendre sur ce roman. Merci pour l'élan, indispensable à cette folle entreprise !

À ces personnes tellement bienveillantes sur les réseaux sociaux qui suivent *La bibliothèque de Juju* et qui me donnent tant de leur belle énergie… Vos messages, nos petits mots, sont de vrais doudous pour moi. Merci infiniment.

À toi, cher lecteur, qui est arrivé au bout de ce livre, on ne se connaît pas, mais tu me bouleverses déjà… Merci d'avoir osé me suivre. J'espère que c'est le début de quelque chose entre nous… Si tu as aimé ce livre, je compte sur toi pour le dire à toute ta famille, à ton patron et à tes voisins !

Et enfin, à ma grand-mère… Ma mamie de la ferme, là-haut, dans les étoiles et partout où je suis, je ne suis pas devenu raisonnable, tu peux être fière… Merci pour toute cette magie, à jamais en moi. Tu me manques tellement.

Certifié PEFC

Ce produit est issu de forêts gérées durablement et de sources contrôlées.

PEFC™
10-31-3068

pefc-france.org

Cet ouvrage est composé de matériaux issus de forêts gérées durablement certifiées PEFC™. Le Programme de reconnaissance des certifications forestières (PEFC™) est le plus grand organisme mondial indépendant de contrôle pour une gestion durable des forêts. Pour en savoir plus, consultez le site www.pefc-france.org

Achevé d'imprimer en février 2021
par CPI Bussière
À Saint-Amand-Montrond (18)
Dépôt légal : mars 2021
N° d'impression : 2055430
Imprimé en France